카빌리의 비참

카빌리의 비참

알베르 카뮈 지음

김진오, 서정완 옮김

메디치

일러두기

1. 이 책은 알베르 카뮈가 1939년 6월 5일부터 15일까지 프랑스 일간지 《알제 레퓌블리캥》에서 쓴 기사 11개를 번역해 묶은 것이다.
2. 본문에 등장하는 카빌인은 북아프리카 토착 민족의 일파로 수도 알제에서 동쪽으로 약 1백 킬로미터 떨어져 있는 산악 지역에 주로 살고 있다.
3. 북아프리카의 하층민이 거주하던 전통 가옥인 'gourbi'는 '구르비'로 표기했다.
4. 프랑스 점령 이전 북아프리카의 농촌 행정구역인 'douar'는 '두아르'로 표기했다.
5. 본문에 등장하는 행정구역 단위는 도, 구, 코뮌, 두아르, 마을 순서로 규모가 작아진다.
6. 본문에 표기된 주석은 모두 옮긴이 주다.
7. 본문의 지명 표기는 외래어표기법 용례, 외래어표기법 유사 철자, 포보(Forvo), 프랑스어 발음 표기를 우선 순으로 표기했다.

차례

Alger Républicain, 1939. 6. 5.

I
누더기 차림의
그리스

alger républicain

MISÈRE DE LA KABYLIE

I. — LA GRÈCE EN HAILLONS

par Albert CAMUS

« Vivement la guerre. On nous donnera de quoi manger... »

UNE DÉTRESSE INDICIBLE

DES SECOURS IMMÉDIATS

LE SEUL PROBLÈME DE LA KABYLIE D'AUJOURD'HUI

MISÈRE ET GRANDEUR DE LA KABYLIE

MM. Negrin et Del Vayo vont s'entretenir du problème des réfugiés espagnols avec le président de la République du Mexique

Nos assemblées générales ont eu le plus franc succès

AUX ATTAFS
Au cours d'une partie de pêche un réfugié espagnol du camp de Carnot se noie accidentellement

L'annulation de l'élection de M. Douze

Ballottage à l'élection au Conseil général du département de Constantine

A ALGER
Le feu à la sacristie de l'Église Saint-Augustin

Plusieurs œuvres du Musée national des Beaux-Arts d'Alger vont figurer à l'Exposition d'art français de Buenos-Ayres

ALGER RÉPUBLICAIN s'est pas à vendre, neuf à ses lecteurs

"전쟁 만세! 전쟁은 적어도 우리에게
먹을 것을 주리라⋯⋯."

카빌리[i]에 들어서서 첫 산비탈에 이르면 우물
가를 중심으로 모인 작은 마을, 흰 양털을 두
른 사람들, 길가에 늘어선 올리브와 무화과, 선
인장이 보인다. 인간과 그가 사는 땅이 조화를
이룬 그 단순한 삶과 풍경에서 우리는 그리스
를 떠올리지 않을 수 없다.

널리 알려진 카빌인의 특징, 즉 높은 긍지와
철저히 독립적인 각 마을의 생활 방식, 특유의
정치체제(가장 민주적인 체제들 중 하나), 자유
를 너무나 소중히 해 결코 징역형을 고려한 적
없는 법원을 생각하면 그리스와의 유사성은
더 뚜렷해지고, 우리가 그들에게 본능적인 호
감을 느끼는 이유를 이해할 수 있다.

표현하기 힘든 처절함

그러나 비슷한 점은 그것뿐이다. 그
리스를 생각하면 신체의 영광과 위

i 알제리 동북부 산악 지대인 이곳은 척박한 땅이 대부분이다.

9

엄이 자연스럽게 떠오르지만, 내가 보기에 카빌리에서는 그 어떤 나라에서보다도 신체가 굴욕을 당하기 때문이다. 돌려 말하지 않겠다. 이곳의 빈곤은 혹독하다.

세상에서 가장 매력적인 지역에 속하는 이곳에서 사람들은 배고픔에 시달리고 그들 중 4분의 3은 행정 지원에 의존해 살고 있다. 우리보다 훨씬 민주적인 체제를 누렸던 그들은 노예조차 겪지 않는 물질적 결핍 속에서 생존한다.

우리는 독자들이 분노를 느끼기를 원한다. 이어지는 글에서 더 큰 분노를 불러일으키려면 지금은 자제해야 한다는 것을 안다. 그러나 스스로를 통제할 수 있을지 장담할 수가 없다. 나는 마요Maillot에서 만난 13명의 카빌리 아이들이 해진 소매 밖으로 여윈 손을 내밀어 나를 반기며 먹을 것을 달라던 장면을 결코 잊을 수 없다. 또한 보르지-므나이엘Bordj-Menaïel의 한 원주민이 앙상한 몸에 누더기를 걸친 손녀의 가엾은 얼굴을 보여준 일도 잊을 수 없다. 그는 이렇게 말했다. "이 아이를 잘 입히면, 깨끗이 씻기고 잘 먹이면 여느 프랑스 아이 못지않게 예쁘지 않을까요?"

어찌 잊을 수 있겠는가! 나는 죄책감을 느꼈고, 이런 죄책감을 지닌 사람이 나 혼자만이어

서는 안 될 것이다. 그러기 위해서는 저 먼 산
골 마을의 더러운 물웅덩이에서 허덕이는 아
이들, 교실에서 영양실조로 쓰러지는 학생들,
멀리 떨어진 자선 기관에서 나눠주는 몇 킬로
그램의 밀을 받기 위해 힘들게 걷다 지쳐버린
할머니들, 구멍 난 옷 사이로 튀어나온 갈비뼈
를 가리키는 거지들을 사람들이 직접 목격하
도록 해야 한다. 그 광경들은 잊고 싶어 하지
않는 한 잊을 수 없다.

응급조치

우리가 원한을 품고 이 기사를 쓰게 된 것이
아님을 알기 바란다. 카빌인들 자신도 원한은
품고 있지 않다. 모든 이가 고통을 이야기했을
뿐, 증오에 대해서는 아무도 말하지 않았다.
게다가 증오는 힘을 필요로 한다. 생리적 궁핍
이 어느 정도를 넘어서면 증오할 힘조차 사라
진다.

　여기서 누군가를 추궁하려는 것이 아니다.
나는 카빌리의 긍정적인 면을 알리겠다는 확
고한 의도를 가지고 그곳에 갔다. 그러나 아무
것도 보지 못했다. 참담한 빈곤이 곧바로 나의
눈을 덮쳤다. 나는 어디에서나 빈곤을 목격했
다. 빈곤은 항상 나를 따라다녔다. 바로 그 빈

곤을 부각하고 뚜렷이 강조해야 한다. 그래야 빈곤이 나태함과 무관심을 제치고 모두의 눈앞에 뛰어들 것이다.

카빌리를 생각할 때 떠오르는 것은 꽃이 만발한 찬란한 계곡도, 도처에 흐드러진 봄도 아니다. 푹 패인 볼에 해진 옷을 입고 내내 나를 조용히 따라다니던 눈먼 이들과 불구자들의 행렬이다.

이곳은 세상에서 가장 아름다운 지역에 속하지만 그 한복판에 자리한 빈곤보다 더 절망적인 광경은 없다. 카빌리를 위해 우리가 한 일은 무엇인가? 카빌리가 그 진정한 모습을 되찾을 수 있도록 우리는 무엇을 했는가? 글을 쓰고 말하고 법을 제정하면서 집에 돌아오면 타인의 빈곤은 잊어버리는 우리 모두는 대체 무엇을 했는가? 그 사람들을 사랑한다고 말하는 것만으로는 충분치 않다. 여기서 사랑은, 동정은, 말은 아무 힘이 없다. 힘이 되는 것은 빵, 밀, 구호물자다. 우리가 내밀어야 할 박애의 손이다. 그 밖의 것은 모두 허상일 뿐이다.

혹시 내가 사실을 과장한다고 생각하는 이가 있다면 나는 그에게 현장에 가 보라고, 즉 통합코뮌commune mixte[ii]에 들르지 말고 마을에 가 보라

ii 알제리를 비롯한 일부 프랑스 식민지에 존재했던 행정구역이다. 주로 농촌에 위치했으며, 주민은 다수의 알제리인과 소수의 유럽인으로 이루어졌다. 통합코뮌은 프랑스 행정제도인 코뮌에 원주민의 사법적, 종교적 제도인 두아르douar 혹은 두아르-코뮌douar-commune을 통합한 제도를 뜻한다. 적은 수의 유럽인과 다수의 원주민을 하나의 구획으로 묶는 이 제도는 1950년대까지 지속적으로 운영되었다.

고 하겠다. 두세 번의 예외를 제외하고, 나는 카빌인만을 만나고 그들과 말하며 생활했다. 그들 모두는 예외 없이 오직 하나에 대해서만 말했는데 그것은 바로 가난이었다. 그들 중 누구도 다른 것은 생각하지 않았다. 그중 1명은 나에게 이렇게 말했다. "당신은 모르는 사이에 우리를 돕고 있어요. 우리의 근심거리를 말할 수 있다는 것만으로도 조금이나마 마음이 가벼워지거든요."

그때 나는 느낄 수 있었다. 우주도, 세계대전도, 이 시각의 어떤 이슈도 그 많은 카빌인의 얼굴을 병들게 하는 처절한 빈곤 앞에서는 존재하지 않는다는 것을.

오늘날 카빌인의 유일한 걱정거리

나는 바로 이 빈곤에 대해 말하고자 한다. 모든 것이 빈곤에서 비롯되었고, 모든 것이 빈곤으로 귀결된다. 오늘날 카빌리의 유일한 문제는 빈곤이다. 그것은 다른 수많은 작은 문제의 근원이기도 하다. 그 연관성을 잘 이해함으로써 정부의 허위 사실 유포와 자선 활동에 대한 의존을 멈춰야 한다.

수치數値, 사실들 그리고 들려오는 절망의 비명이 모든 것을 더 잘 대변한다. 그것들을 빈

곤의 한 장면과 연결해 살아 움직이는 빈곤을
느끼게 해야 한다. 과도한 인구 밀집, 모욕적인
저임금, 비참한 주거 환경, 물과 도로와 위생
시설의 부재, 부족한 지원, 인색한 교육, 이 모
든 것이 카빌리 농부의 절망을 키운다. 우리는
이 모든 문제를 밝힐 것이다.

이 상황에 가망이 없다고 생각해서는 안 된
다. 카빌인 자신은 그렇게 생각할 수도 있다.
그들 중 누군가는 "전쟁 만세! 전쟁은 적어도
우리에게 먹을 것을 주리라"라는 견딜 수 없
는 말을 할지도 모른다. 부조리가 부조리를 치
유한다고 생각할 수도 있다. 하지만 우리는 그
것이 사실이 아님을 잘 안다. 이렇게 모든 것
을 단념하는 이유가 경제 불황 때문만이 아니
라는 것도 안다. 실수를 바로잡고 새로운 시도
를 해야 한다.

우리는 그러한 관점에서 우리의 의견을 내
고 거리낌 없이 말할 것이다. 조르주 베르나노
스Georges Bernanos[iii]의 말이 맞다면, 문제는 진실
을 감추는 것이 아니라 진실을 전부 말하지 않
는 것이기 때문이다.

카빌리의 빈곤과 위대함

비할 데 없이 아름다운 이 지역의   [iii] 프랑스 작가, 1888~1948.

관광 정보나 웅장한 풍경을 더는 언급하지 않는 것에 대해 독자들의 양해를 구해야 하는지 모르겠다. 다른 사람들처럼 나 또한, 새벽녘에 구름처럼 피어난 개양귀비가 핏자국처럼 흩어진 산기슭에서 늦봄이 넘쳐흐르는 카빌리를 보았다. 그런 날이면 비스듬히 비치는 태양빛 속에서 황새들이 날아올랐고, 산이 높아짐에 따라 황새들 대신 시끄럽게 지나가는 까마귀 떼와 냇물 위를 느릿하게 맴도는 독수리들이 나타났다. 카빌리는 그 성급하고 혼란스러운 봄에 가장 아름다웠다. 그러나 나는 여기서 그때를 떠올리고 싶지 않다. 비참한 카빌인 거지의 고통으로 일그러진 얼굴과 고름이 가득한 눈 뒤편에 꽃으로 덮인 산과 구름 한 점 없는 하늘, 황홀한 저녁 같은 배경을 그리는 일은 각자의 상상에 맡기겠다.

Alger Républicain, 1939. 6. 6.

II
빈곤(1)

alger républicain

MISÈRE DE LA KABYLIE

II. — DÉNUEMENT

par **Albert CAMUS**

« UN PEUPLE QUI VIT D'HERBES ET DE RACINES »

La tige de chardon base de l'alimentation

Des enfants et des chiens se disputent des ordures

"풀과 뿌리로 생을 잇는 사람들"

카빌리의 빈곤을 총체적으로 그리는 시도를 하기에 앞서, 그리고 내가 경험한 기아의 긴 여정을 훑어보기에 앞서, 이 빈곤의 경제적인 원인에 대해 몇 마디 하고 싶다. 한 문장으로 요약하면, 카빌리에는 사람이 너무 많고 소비가 생산을 초과한다. 카빌리의 산은 굽이굽이 사람으로 가득하고 주르주라Djurdjura 같은 코뮌[i]은 인구 밀집도가 1제곱킬로미터당 247명에 달한다. 유럽 어느 나라도 이렇게 인구밀도가 높지 않다. 프랑스의 평균 인구밀도는 1제곱킬로미터당 71명이다. 게다가 카빌인은 곡물[ii]로 만든 갈레트[iii]나 쿠스쿠스[iv]를 주식으로 섭취하는데, 이곳에서는 곡물 생산이 턱없이 부족하다. 이 지역의 생산량은 소비량의 고작 8분의 1 가까이만 충당할 수 있으므로, 생활에 필수적인 곡물을 외부에서 사와야만 한다. 산업이 거의 발달하지 않은 지역에서,

i   당시 프랑스는 최소 행정단위로 코뮌을 사용했는데, 프랑스 지배 이전의 알제리 토지는 두아르 등의 전통적인 방식으로 지역을 구분했다. 두아르는 기본적으로 유랑민이 원형의 형태로 토지에 정착하는 방식이었으므로 프랑스의 코뮌과는 토지를 구획하는 방식에 있어 서로 차이가 있었다.
ii 밀, 보리, 수수 등이다.
iii 반죽을 동그랗고 납작하게 만들어 굽거나 튀긴 빵이다.
iv 단단한 밀을 굵게 간 가루와 보통 밀가루 등을 뭉쳐 좁쌀만 한 알갱이로 만든 것 또는 그것을 이용한 요리다.

19

식량 구매는 곡물 외 농산물의 과잉 생산분을 판매할 때만 가능하다.

그런데 카빌리의 주요 농업은 과수 재배이며, 2대 생산물은 무화과와 올리브다. 무화과는 많은 지역에서 생산량이 가까스로 소비량과 균형을 이룬다. 올리브는 수확량이 해에 따라 부족하거나 넘친다. 이와 같은 생산 양상이 굶주린 사람들의 소비를 어떻게 충족시킬 수 있겠는가?

국립 밀 관리국Office du blé[v]이 밀의 수매 가격을 재평가했는데, 그 점에 문제를 제기하려는 것은 아니다. 하지만 무화과와 올리브는 가격 재평가를 실시하지 않았다. 그 사이 곡물 소비자인 카빌인은 아름답지만 메마른 그들의 땅에서 굶주림을 호소한다.

가난하고 인구밀도가 높은 나라의 국민이 모두 그러하듯, 카빌인도 이민으로 이 어려운 상황을 헤쳐 나갔다. 이민을 떠난 카빌인은 4만 명에서 5만 명에 달한다. 벌이가 좋았던 기간에는 티지-우주Tizi-Ouzou 구arrondissement[vi]에 한 달에 4천만 프랑이라는 거금이 송금되었고, 포르-나시오날Fort-National 코뮌에는 하루에 1백만 프랑 가까이 송금되었다는 기록도 있다. 카빌인들의 해

v 알제리는 로마제국의 곡창지대로 불릴 만큼 예로부터 밀 생산량이 많았다. 국립 밀 관리국은 정기적으로 주된 식량인 밀의 수매 가격을 정함으로써 그 가격을 안정시키는 동시에 농가의 기초 소득을 보장하려는 기관이었다.
vi 당시 알제 도道에는 6개의 구가 속해 있었는데, 티지-우주 구는 그중 하나였다.

Misère de la Kabylie

20

외 노동으로 발생한 이 거대한 자금의 흐름은 1926년경 카빌리의 적자를 메우기에 충분했다. 그 시절 카빌리는 풍요로웠다고 할 수 있으며, 그들은 의지와 노동으로 고향의 가난을 이겨냈다.

그런데 경제공황으로 프랑스 고용 시장이 위축되자 카빌리 인력은 프랑스에서 거부당했다. 이민 조건이 까다로워졌고, 1935년에 연이어 제정된 법령에 따라 프랑스 입국 절차가 복잡해지면서 카빌인은 점점 더 그들의 산속에 갇히는 느낌을 받게 되었다. 본국 송환 시에는 비용으로 165프랑을 지불해야 했고, 수많은 규제가 생겼으며, 이민자의 세금이 밀렸을 경우 누구든 성이 같은 동향인이 체납 세금을 대신 지불해야 하는 기이한 의무도 있었다. 이민 길은 막혔다. 수치로 예를 들면 미슐레 Michelet 코뮌에 송금된 자금은 불황 전과 비교해 10분의 1 수준이 되었다.

이와 같은 유입 자금의 급격한 감소가 카빌리를 빈곤으로 몰고 갔다. 카빌리 농부는 헐값이 매겨진 농작물을 팔아서는 비싼 밀 값을 감당할 수 없다. 전에는 자식들의 노동의 대가로 구매가 가능했지만 일자리가 사라진 지금, 그들은 굶주림에 무방비 상태로 노출되었다. 나는 그 결과를 목격했고, 이를 정확한 단어로

표현해 상황의 심각성과 불합리함을 독자들이
느끼도록 하겠다.

기본 식량이 되는 엉겅퀴 줄기

공식적인 보고에 의하면 현재 카빌리 가정의
40퍼센트는 연간 1천 프랑 이하로 생활한다
고 추정된다. 이는 한 달 기준으로 1백 프랑이
되지 않는 금액이다. (천천히 계산해 보길 바란
다) 같은 조사에서 한 달 생활비가 5백 프랑인
가구는 5퍼센트에 불과하다고 추정했다. 카빌
리의 가구당 구성원 수가 최소 5~6명임을 고
려하면, 카빌리 농부들이 겪고 있는 이루 말할
수 없는 빈곤이 어느 정도인지 짐작할 수 있
다. 나는 인구의 최소 50퍼센트는 풀과 뿌리로
끼니를 해결하고, 나머지는 행정기관이 자선
활동으로 베푸는 곡물 배급을 기다린다고 확
신한다.

예를 들어 보르지-므나이엘의 카빌인 2만7천
명 중 1만 명은 극빈층으로 분류되고 고작 1천
명만 정상적인 식생활을 한다. 내가 이곳에 도
착한 날 식량 배급이 이루어졌다. 5백 명에 가
까운 헐벗은 사람들이 밀 몇 킬로그램을 받으
려고 끈기 있게 줄을 서서 기다렸다. 거기서
놀라운 존재를 목격했다. 몸무게가 25킬로그

램밖에 나가지 않는, 허리가 완전히 굽은 할머니였다. 극빈자들은 각각 약 10킬로그램의 밀을 받아 갔다. 보르지-므나이엘에서는 이러한 자선 배급이 한 달에 한 번, 다른 곳에서는 석 달에 한 번 있었다. 그러나 8인 가족이 딱 한 달간 먹을 빵을 만들기 위해서도 밀이 최소 120킬로그램은 필요하다. 내가 봤던 카빌인들은 10킬로그램의 밀로 한 달 동안 버티고, 부족한 영양은 엉겅퀴 뿌리나 줄기를 통해 섭취한다고 단언했다. 엉겅퀴는 맛이 써서 카빌인들이 '당나귀의 아티초크'라고 부르는 식물이다.

티지-우주에서는 이와 비슷한 식량 배급을 받기 위해 여자들이 30~40킬로미터에 달하는 길을 마다하지 않고 온다. 한 지역 신부가 그 가련한 여자들을 위해 밤을 보낼 쉼터를 마련했다고 한다.

혹독한 빈곤에 대한 증언은 이것으로 다가 아니다. 한 예로 티지-우주 '부족'[vii]에게 밀은 부를 상징하는 식량이 되었다. 가장 부유한 가정에서는 밀과 수수를 섞어서 먹고, 가난한 가정에서는 재배종이 아닌 야생 밀을 100킬로그램당 20프랑까지 주고 사기에 이르렀다. 이 부족의 가난한 가정에서 일상적으로 먹는 음식은 보리로 만든 갈레트 그리고 엉겅퀴 줄기와 접

vii 원문에서 카뷔는 부족이란 단어에 강조 표시를 했는데, 그 이유가 불분명하다. 티지-우주에는 역사상 여러 부족이 살았는데 복수형이 아닌 단수형으로 표기한 것 또한 의문이다.

시꽃 뿌리로 끓인 수프다. 수프에는 올리브유를 약간 곁들인다. 그러나 지난해 올리브 농사가 흉년이라 올해는 올리브유가 부족했다. 이러한 식단은 카빌리 어디에서나 예외 없이 확인할 수 있다.

아이와 개가 쓰레기를 놓고
싸움을 벌인다

어느 이른 아침, 나는 티지-우주에서 해진 옷을 입은 아이들과 개들이 쓰레기통 속 쓰레기를 차지하기 위해 서로 싸우는 장면을 목격했다. 내 질문에 어떤 주민이 이렇게 대답했다. "아침마다 있는 일입니다." 다른 주민은 겨울에 마을에서 헐벗고 굶주린 주민들이 잠을 청하기 위해 고안한 방법을 설명해 주었다. 주민들은 모닥불 주변에 둥글게 모여 가끔씩 움직이며 몸이 굳는 것을 막는다. 허름한 구르비 gourbi[viii] 안에서, 누운 사람들의 몸이 그린 둥근 원이 밤새도록 쉴 새 없이 꿈틀댄다. 이 방법도 충분하지는 않을 것이다. 산림법에 따라 그들은 그 지역에서 땔감을 채취할 수 없고, 유일한 재산이자 나뭇짐을 나르는 데 쓸 말라비틀어진 당나귀조차 압수 당한 경우가 드물지 않기 때문이다.

viii 북아프리카의 하층민이 거주하던 전통적인 가옥으로, 직사각형인 집 안으로는 문을 통해서만 빛이 들어온다.

티지-우주 지역에서는 상황이 심각한 나머지 개인적인 자선 활동까지 펼쳐진다. 마을 이장이 매주 수요일, 개인 비용으로 50명의 카빌리 아이들에게 스프와 빵을 나눠 주는 것이다. 그것으로 아이들은 월말에 곡식이 배급될 때까지 기다릴 수 있다. 마을 수녀들과 롤랑 신부도 그 자선 활동에 참여한다.

어떤 이는 이렇게 말할 수도 있다. "그건 예외적인 상황일 뿐입니다. 지금은 불황입니다. 어쨌든 숫자는 아무 의미가 없어요." 나는 그런 관점을 이해할 수 없다. 통계치가 아무 의미가 없다는 데는 동의한다. 하지만 내가 직접 가서 만난 아주자^Azouza 마을의 한 주민 가정에서 10명의 아이 중 단 2명이 살아남았다는 사실을 상기할 때, 문제는 숫자나 증명이 아닌 명백히 드러난 진실에 있다. 포르-나시오날 인근 학교에서 굶주림으로 쓰러지는 아이들의 숫자를 더 이상 언급할 필요는 없어 보인다. 무슨 일이 일어났는지, 그리고 그 아이들에게 아무 조치도 취하지 않으면 어떻게 될지 인식하는 것으로 충분하다. 탈람-아이아시^Talam-Aïach의 학교에서는 지난 10월[ix], 벌거벗은 몸에 이가 득실대는 머리로 학교에 온 아이들에게 교사들이 옷을 입히고 머리를 밀어줬다는 사실을 알아야 한다. 집이 먼 아이들은

ix 입학 시기를 말한다.

11시에 집에 가는 대신 학교에서 점심을 먹는데, 이들 60명 중 1명만 갈레트를 먹고 나머지는 양파 하나와 무화과 몇 개로 허기를 달랜다는 아주자의 사례 또한 알아야만 한다.

포르-나시오날의 식량 배급 현장에서 한 아이에게 질문을 던진 적이 있다. 그 아이는 방금 받은 보릿자루를 등에 메고 있었다.

"며칠분을 받았니?"
"15일분이요."
"식구가 몇 명인데?"
"5명이요."
"먹을 게 이것이 전부야?"
"네."
"무화과는 없니?"
"없어요."
"갈레트를 만들 때 올리브유를 넣니?"
"아니요, 물로 반죽해요."

그 아이는 경계하는 눈길을 한 채로 자리를 떴다. 이 정도면 충분하지 않은가? 내 수첩을 보면 분노를 일으키는 사실들이 두 배는 더 많고, 이를 모두 알릴 수 없을까 봐 절망스럽다. 하지만 그렇게 해야만 하고 모든 사실이 꼭 알려져야 한다.

오늘은 여기서 한 민족의 고통과 굶주림을 돌아보는 여정을 마치려 한다. 이곳에서의 빈곤은 상투적인 문구나 명상의 주제가 아님을 조금이나마 느꼈을 것이다. 그 빈곤은 엄연히 존재하고 신음하고 있으며 절망적이다. 다시 한 번 독자에게 묻는다. 우리는 무엇을 했는가? 이 빈곤을 못 본 척할 권리가 있는가? 우리가 그 빈곤을 이해하게 될지 모르겠다. 하지만 나는 티지-우주 '부족'을 방문하고 돌아가는 길에, 한 카빌리 친구와 도시 위로 우뚝 솟은 언덕에서 밤이 내리는 모습을 지켜본 적이 있다. 어둠이 산으로부터 이 찬란한 땅에 내려와 세상에서 가장 냉혹한 사람의 마음도 한순간 느슨하게 만드는 시간이었다. 그러나 산골짜기 너머, 거친 보리로 만든 갈레트를 두고 둘러앉은 이들에게 평온이란 없다는 사실을 나는 알았다. 그 놀랍고 황홀한 저녁에 몰입할 때 느껴질 감미로움의 존재를 알았지만, 우리 앞에서 불그스레 타오르는 빈곤의 불꽃이 세상의 아름다움을 금하고 있다는 것도 알았다.

"내려갈까요?" 친구가 내게 물었다.

Alger Républicain, 1939. 6. 7.

III
빈곤(2)

alger républicain

8e Année - N° 254 - Mercredi 7 Juin 1939

Rédaction - Administration - Publicité : 5, rue Koechlin - Tél. : 521-36, 578-12 - C.P. Post 250-36 - ALGER - Bureau de poste : 13, r. Jules-Ferry

MISÈRE DE LA KABYLIE

III. — LE DÉNUEMENT (suite)

par Albert CAMUS

La journée politique

HUIT NOUVEAUX DÉCRETS-LOIS

Le premier de ces décrets institue de nouveaux grades dans le haut commandement des armées de terre, de mer et de l'air

M. Bouffet, préfet de Constantine, est nommé préfet de la Manche et remplace par M. Chuzin, préfet de la Haute-Vienne

De Rouen à Alger en canoë

L'ex-chancelier Schuschnigg aurait été assassiné à Vienne par la Gestapo

CINQ ENFANTS SONT MORTS POUR AVOIR MANGÉ DES RACINES VÉNÉNEUSES

Des perquisitions seraient en cours pour la restitution des anciennes colonnes dévastées

C'est du moins ce qu'a laissé entendre le docteur Schacht

Des pactes de non-agression seront signés aujourd'hui

par le Reich, la Lettonie et l'Esthonie

D'importantes conversations militaires anglo-franco-turques vont avoir lieu à Londres où le général Gamelin est arrivé hier

Alger Républicain n'a rien à dissimuler de sa gestion

Les travaux du son assemblées générales

Les aviateurs américains vont avoir leur reine

L'histoire et la vie du rail en Algérie (III)

A l'Entretien, au dépôt et aux ateliers des C.F.A.

par Lucienne JEAN-DARROUY

DERNIERES NOUVELLES

A BERLIN le Führer

après un défilé de la légion Condor exalte la force allemande et son intervention en faveur de France

Les délibérations du Conseil des ministres

Le général GAMELIN est à Londres depuis hier

Un incendie détruit la nouvelle gare centrale de Varsovie

Un mort et plusieurs blessés

Les deux Espagnols trouvés dépêtrés en France ont été assassinés par des soldats françaises

NOUVELLES du MAGHREB

NOUVELLES BRÈVES

MISÈRE DE LA KABYLIE

독을 지닌 뿌리를 먹고
다섯 아이가 사망했다

어느 날 저녁, 나는 티지-우주 인근 지역을 둘러본 뒤 마을의 길거리를 거닐다가 한 친구에게 "모든 곳이 다 이런가요?"라고 물었다. 그는 내게 더 처참한 광경을 보게 될 거라고 답했다. 가게에서 흘러나오는 희미한 불빛, 리듬감 있는 망치질 소리, 어렴풋이 들리는 잡담이 한데 흐르는 원주민 마을의 어두운 거리에서 우리는 오랫동안 걸었다.

그리고 정말로 더 처참한 현실을 목격했다.

엉겅퀴 줄기가 카빌리 음식의 주요 재료에 속한다는 것은 이미 알고 있었다. 거의 모든 곳에서 그 사실을 확인했다. 그러나 내가 몰랐던 건, 작년에 압보Abbo 지역에서 어린이 5명이 독성을 지닌 뿌리를 먹고 사망한 사건이었다. 카빌인이 식량 배급만으로 살아가기는 힘들다는 것은 알고 있었다. 하지만 부족한 배급 때문에 아이들이 죽었고, 멀리서 미슐레까지 보리를 배급받으러 온 할머니들이 귀갓길 눈

속에서 숨진 채 발견된 일은 미처 몰랐다.

　어느 곳이나 같은 상황이다. 아드니Adni의 학생 106명 중 40명만 배고프지 않게 먹는다. 그 마을에서 실업은 일상적인 현상이고 식량은 드물게 배급된다. 미슐레 코뮌에는 두아르당 5백여 명의 실업자가 있다. 악빌Akbil, 아이트-야히아Aït-Yahia, 아비-유스프Abi-Youcef처럼 가난이 심각한 마을에는 그 수가 훨씬 많아 1천 명대를 기록하기도 한다. 아즈루-콜랄Azerou-Kollal의 학생 110명 가운데 35명은 하루 한 끼로 생활하고, 마요에서는 도시 인구 5분의 4가 극빈층으로 분류되지만 식량 배급은 석 달에 한 번뿐이다. 우아디아Ouadhja[i]에서는 7천5백 명 중 3천 명이 극빈층으로 추정되고, 시디-아이시Sidi-Aïch에서는 그 비율이 60퍼센트에 달한다. 그 위쪽에 위치한 엘-플레El-Flay 마을에는 2, 3일씩 굶는 가정도 즐비하다고 전해진다. 그 마을 대부분의 집에서는 풀뿌리와 갈레트로 이루어진 일상적인 식단에 숲에서 구할 수 있는 잣을 더한다. 그러나 이 대담한 행위로 인해 그들은 대부분 재판을 받게 된다. 산림법과 산림 감시인들은 이 문제에 자비를 베풀지 않기 때문이다.

　이상에서 밝힌 기록들에 설득력이 부족해 보인다면 엘-크쇠르El-

[i] 글의 초반부에는 Ouadhja로, 후반부에서는 Ouadhia로 나온다.

Kseur 코뮌의 카빌인 2천5백 명 중 2천 명이 극빈층이라는 사실을 추가하겠다. 농장의 일용 근로자들은 하루치 식사로 보리 갈레트 한 조각과 작은 올리브유 한 병을 가져올 뿐이다. 집에서는 여러 뿌리와 풀에 쐐기풀을 더하기도 한다. 풀을 한참 물에 끓이면 가난한 이들에게 보조 식량이 된다. 이런 상황은 아자즈가Azazga 주변 지역에서도 목격할 수 있다. 델리스Dellys 주변 마을들의 원주민도 극빈층이다. 특히 베니-슬리엠Beni-Sliem 두아르는 믿기 힘들겠지만 주민의 96퍼센트가 극빈층이다. 그곳의 메마른 땅에서는 아무것도 생산할 수 없다. 주민들은 죽은 나뭇가지를 숯으로 가공해 델리스에 가져가 팔려고 한다. 팔려고 한다고 쓴 이유는, 방문 판매 허가를 받지 못한 탓에 열 번에 다섯 번은 숯과 당나귀를 압수당하기 때문이다. 그래서 베니-슬리엠 주민들은 주로 밤에 이동한다. 하지만 감시 공무원 역시 밤에 행동하며, 압수된 당나귀는 동물 보호소로 보내진다. 숯장수는 그 자리에서 벌금과 동물 보호소 비용을 지불해야 하는데, 결국엔 돈이 없어 감옥으로 보내진다. 감옥에서는 그나마 먹을 것을 받는다. 베니-슬리엠 사람들이 숯 행상으로 먹고산다는 말은 농담 같지만 말그대로 사실이다.

이 모든 사실에 또 무엇을 더할 수 있겠는가? 이 사실들을 잘 읽기 바란다. 각각의 사실 뒤편에서 그 사실들이 드러내는 기다림과 절망의 삶을 보기 바란다. 그 삶이 자연스럽다고 생각한다면 그렇게 말해도 좋다. 그러나 분노를 느꼈다면 행동하기를. 그리고 믿기지 않는다면 직접 가서 보길 바란다.

식량 배급

이 비참한 상황을 해결하기 위해 어떤 대책이 마련되었는가? 즉시 답하겠다. 오직 자선 활동뿐이었다. 한편으로는 식량을 배급하고, 다른 한편으로는 이 식량과 구호금을 가지고 '자선' 사업장을 연다.

식량 배급에 대해서는 짧게 언급하겠다. 경험상 배급의 비합리성은 이미 입증되었다. 12리터의 곡식을 2~3개월 간격으로 아이가 4~5명 있는 가정에 배급해 봤자, 물결을 일으키려고 물에 침을 뱉는 것과 같다. 매년 수백만 프랑을 투입해도 효과가 없다. 동정이 아무 쓸모 없는 감정이라고 생각하지는 않는다. 하지만 결과가 비효율적일 때는 보다 건설적인 복지 정책을 택할 필요가 있다.

게다가 이해관계가 얽혀 있는 지역 카이드

caïd[ii]와 시의회 고문들이 배급 대상자 선별을 좌지우지한다. 티지-우주에서 가장 최근에 열린 지방선거는 배급용 곡식으로 치러진 게 확실하다고 한다. 그것이 정말로 사실인지는 중요하지 않다. 하지만 그런 소문이 도는 것 자체가 그 방법에 이미 문제가 있다는 뜻이다. 아무튼 내가 알기로, 이세르[Issers]에서 알제리 인민당[PPA: Parti du Peuple Algérien][iii]에 표를 던진 극빈층은 식량 배급에서 제외되었다. 한편 카빌리 거의 전 지역에서 배급된 곡물의 품질에 대한 불만이 들려온다. 배급 곡물의 일부는 국내 초과생산분이지만, 일부는 묵은 군용미 재고에서 나왔다. 그 결과, 예를 들어 미슐레에서 배급된 보리는 맛이 너무 써서 가축조차 먹지 않을 정도였고, 몇몇 카빌인은 헌병대의 말이 부러울 지경이라고 나에게 진지하게 고백했다. 말에게 주는 먹이는 최소한 수의사가 검사하기 때문이라고 한다.

그러니 만약 이 최악의 정책을 유지하고자 한다면 최소한 독립적인 공무원들(예를 들어 조세 사정관)에게 극빈층 명단 작성을 맡기고, 곡물의 품질을 철저하게 관리해야 한다. 자선을 베풀려 한다면 최소한 값싼 자선이 되지 않도록 해야 한다. 그러나 이 제도는 무의미하다고

ii 북아프리카에서 재판권, 행정권, 경찰권, 징세권을 행사하는 이슬람교의 지방관이다.
iii 메살리 하지[Messali Hadj]를 중심으로 1937년에 창립된 대표적인 독립 항쟁당이다.

다시 말하겠다. 굶주림을 해결하는 동시에 카빌인의 존엄을 지키는 정책이 더 바람직하다고 나는 굳게 믿는다. 하지만 이건 다른 문제다.

자선 사업장

다수의 마을에서 실업난을 극복하고자 극빈층을 위한 사업장을 연다. 그곳에서 극빈자들은 공익을 위한 작업을 수행하고 그 대가로 8~10프랑의 일당을 받는데 반은 곡식, 반은 돈으로 받는다. 포르-나시오날, 미슐레, 마요, 포르-게동Port-Gueydon을 비롯한 많은 코뮌에서 이러한 사업장을 마련했다. 이 제도의 장점은 가난한 이들의 인격을 존중한다는 것이다. 그러나 단점도 있다. 코뮌에서는 모든 곡물이 자선 사업장에 사용되는 탓에 일을 할 수 없는 장애인과 노인은 도움을 받지 못한다는 점이다. 일자리 수가 제한적인 탓에 인력이 돌아가며 배치되기 때문에 이틀 연속으로 일하는 사람은 운이 좋은 축에 든다. 티지-우주에서는 노동자들이 40일마다 4일 일하고 밀 20리터를 받는다. 여기서도 마찬가지로 '물결을 일으키기 위해' 수백만 프랑을 쏟아붓는다.

마지막으로, 관행이 되었으나 우리가 거침없이 항의해야 하는 행위를 그냥 지나칠 수 없

Misère de la Kabylie

Misère de la Kabylie

다. 포르-게동을 제외한 모든 코뮌에서 극빈층의 체납 세금(극빈층은 세금을 내야 하지만 내지 못하므로)을 급여 중 현금 지급분으로 받는 몫에서 원천징수하는 제도다. 이 제도의 잔인함을 표현하기에는 어떤 심한 말도 부족하다. 자선 작업장이 굶어 죽어가는 사람들을 돕기 위한 곳이라면 그 존재는 아주 사소하나마 현실적인 정당성을 지닌다. 그러나 자선 작업장의 목적이 이제까지 일하지 않고 굶어 죽어가던 사람들에게 일을 시키고 계속 굶어 죽게 두는 것이라면, 그곳은 불행을 야비하게 착취하는 곳이 된다.

겨울이 올 것이다

내가 이 글에서 그린 물질적 빈곤이 카빌인이 겪는 궁핍의 극한을 보여 주는 것은 아님을 강조하며 이 글을 마치겠다. 믿기 어렵겠지만 빈곤은 지금보다 더 심각해질 수 있다. 해마다 여름이 끝나면 겨울이 오기 때문이다. 불쌍한 그들에게 지금 자연은 그나마 호의적이다. 춥지는 않기 때문이다. 노새가 길을 지나다닐 수 있고, 야생 엉겅퀴를 두 달간 재배할 수 있으며, 풀뿌리는 물론 풍성하고 잎채소를 생으로 먹을 수 있다. 우리에게 최악의 빈곤으로 보이는 오늘이 그들에게는 축복받은 기간이다. 그러다 눈이 땅을 뒤덮고 도로가 막히는 날, 추위가 허기진 몸을 괴롭히고 구르비가 사람이 살 수 없는 곳이 되는 날, 말로 표현하기 힘든 긴 고통의 시기가 시작된다.

그래서 카빌리의 다른 불행을 언급하기 전에 먼저 알제리에 널리 퍼진 편견을 바로잡으려 한다. 카빌인의 '정신 상태'가 상황을 이렇게 만들었다는 편견이다. 이보다 더 경멸스러운 생각은 없을 것이다. 카빌인이 어떤 환경에서든 적응할 수 있다는 주장은 일고의 가치도 없다. 알베르 르브룅Alber Lebrun[iv]이라도 한 달에 겨우 2백 프랑으로 생계를 유지해야 한다면 다리 밑 노숙, 더러움, 쓰레기 더미에서 발견한 빵 한 조각에 익숙해질 것이다. 삶에 대한 인간의 애착은 세상의 모든 불행을 뛰어넘을 만큼 강력하다. 이곳 사람들이 우리와 다른 욕구를 가졌다는 말은 무시해야 한다. 그런 욕구가 없었다 해도, 이미 오래전에 우리가 그 욕구를 이들에게 불어넣었을 것이다. 한 민족의 뛰어난 자질이 그들에 대한 비하를 정당화하는 용도로 쓰이고, 카빌리 농부의 본받을 만한 검소함이 그를 괴롭히는 굶주림을 당연한 것으로 만들다니, 참으로 이상한 일이다. 아니, 현실을 그렇게 봐서는 안 된

iv 1932년부터 1940년까지 재임한 프랑스 제3공화국의 대통령이다.

다. 우리는 결코 그렇게 보지 않을 것이다. 사람이 얼어 죽고 아이들이 동물 먹이를 먹는 세계를 보면서, 그들에게 죽음에서 벗어나려는 본능이 없다는 식의 고정관념과 편견을 적용하려 들어서는 안 된다. 그것은 추악한 행동이기 때문이다. 우리보다 3세기나 뒤처진 사람들과 우리가 매일 살아가고 있다는 것과 그 엄청난 격차에 무감각한 이가 우리 자신이라는 것만이 진실이다.

Alger Républicain, 1939. 6. 8.

IV
모욕적인 급여

alger républicain

Rédaction – Administration – Publicité : 6, rue Koechlin · Tél. : 801-22 · 804-17 · Ch. Post. 830-31 · ALGER · Bureau de poste : 15, r. Jules-Ferry

Le jeu des pseudonymes :
Quel ministre se fait appeler Léon Meyer ?

MISÈRE DE LA KABYLIE

IV. — Les salaires insultants

" 6 à 10 francs par jour
pour 12 heures de travail "

par Albert CAMUS

Géographie
de l'esclavage kabyle

M. Chamberlain déclare que la Grande-Bretagne est prête à conclure un accord avec l'U.R.S.S.

« sur une base de réciprocité complète »

Un représentant du Foreign Office
va partir pour Moscou afin de hâter
la réalisation de l'accord envisagé

La commission du suffrage universel
adopte un texte autorisant le cabinet
à prendre « toutes mesures utiles en
cas de circonstances exceptionnelles »

Ce texte signé par M. Meyer
maire du Havre serait un ministre
pour auteur

M. MARCEL RÉGIS EST RÉÉLU
SECRÉTAIRE DE LA COMMISSION DES FINANCES
ET CONFIRMÉ DANS SES FONCTIONS
DE RAPPORTEUR DU BUDGET
DE LA MARINE MARCHANDE

LE CALME REVIENT A JÉRUSALEM
TANDIS QUE LA SITUATION
S'ENVENIME A TEL-AVIV

L'histoire et la vie du rail en Algérie (IV)

AVEC CEUX DE LA VOIE

par Gabriel JEAN DANDOT

Tokio prétend
que des stocks militaires
anglais arrivés en Chine
se seraient à l'empoisonner

Des représentants
milanaises
néerlandais disparus

MISÈRE DE LA KABYLIE

IV. — Les salaires insultants

AUX DÉLÉGATIONS FINANGIÈRES

AU DÉPART

La Gazette
de Paradot

À CONSTANTINE
L'élection au Conseil général

TRANCHE DES CERISES de la
LOTERIE ALGÉRIENNE

Alger Républicain
en fête

Grand banquet populaire
pour le 150e anniversaire
de la Révolution française

Par Edmond ESQUERRA

À NOS AMIS ALGÉROIS

À L'OFFICIEL

TRIBUNAL CORRECTIONNEL

COUR D'APPEL

EN QUELQUES LIGNES

"12시간 노동에 일당 6~10프랑"

일반적으로 굶주려 죽는 사람들에게 유일한 탈출구는 노동이다. 너무 당연한 사실을 다시 언급하는 것에 대해 양해를 구한다. 그러나 지금 카빌리에서는 이 사실이 통용되지 않는다. 앞서 나는 카빌인 중 절반이 실업자이고 4분의 3이 영양실조라고 썼다. 두 수치 사이의 불균형은 수치를 부풀렸기 때문이 아니다. 실업자가 아닌 사람도 노동으로 충분히 먹고 살 수 없다는 사실을 증명할 뿐이다.

급여가 충분하지 않다는 것은 알고 있었지만, 모욕적인 수준이라는 사실은 몰랐다. 노동 시간이 법정 상한선을 초과한다고 듣긴 했지만 거의 두 배가 넘는지는 몰랐다.

거센 표현을 쓰기는 싫지만, 카빌리의 노동 제도는 노예제도라고 말할 수밖에 없다. 노동자가 10~12시간을 일하며 평균 6~10프랑을 버는 제도를 달리 부를 수 있는 말이 없기 때문이다.

설명을 추가하는 대신 지역별 노동자의 임

금 액수를 제시하겠다. 믿기 어려운 자료겠지만, 그 사실성은 내가 절대적으로 보증함을 미리 알려 두겠다. 나는 보르지-므나이엘의 사바테-트라콜Sabaté-Tracol 농장 노동자들의 일지를 보고 있다. 노동자별 일지에는 15일분의 출근 기록, 노동자의 이름, 번호, 결정된 임금이 기재되어 있다. 그중 어느 일지에는 8프랑, 다른 것에는 7프랑, 마지막 것에는 6프랑이라고 적혀 있다. 출근 기록 칸을 보면, 6프랑을 받는 노동자가 보름 동안 나흘을 일했다고 나온다. 이 내용이 무슨 뜻인지 알겠는가?

그 노동자가 한 달에 25일을 일하더라도 겨우 150프랑을 벌 수 있으며 그 돈으로 아이가 여럿인 가정의 생계를 한 달 동안 꾸려 나가야 한다는 뜻이다. 이 사실에 더욱 분노하게 된다. 독자 중에 몇 명이나 그 돈으로 살아갈 수 있을지 묻고 싶다.

카빌리 노예제도의 지역별 현황

더 나아가기 전에, 상세한 정보를 제시한다. 보르지-므나이엘 지역의 평균임금은 앞에서 밝혔다. 다음 내용을 추가하겠다. 트라콜 농장의 사이렌은 성수기인 요즘 4시, 11시, 12시, 19시에 울린다. 하루 노동시간이 모두 14시간[1]이라는 뜻이다. 코뮌과 계약한 마을 노동자들의 일당은 원래 9프랑이었는데, 원주민인 시 위원들의 항의 후 10프랑으로 인상되었다. 같은 지역에 있는 담배 협동조합은 일당이 9프랑이다. 티지-우주의 평균임금은 12시간에 7프랑이고 코뮌에 고용된 노동자의 임금은 12프랑이다.

그 지역 카빌인 지주들은 제초 작업에 여성 노동자도 고용한다. 여자들은 같은 시간을 일하고 3.5프랑을 받는다. 포르-나시오날에서는 콜롱colon[ii]을 부러워하지 않는 카빌인 지주들이 노동자에게 일당 6~7프랑을 주고, 여자들에게는 4프랑의 일당과 갈레트를 준다. 코뮌에 고용된 노동자들은 9~11프랑을 받는다.

더 부유한 제마아-사리지Djemaa-Saridj에서 남자들은 10시간에 8~10프랑을 받고 여자들은 5프랑을 받는다. 미슐레 주변에서 농업 노동자의 평균임금은 10시간 노동에 5프랑과 식사를 제공받고, 코뮌 노동자는 11~12프랑을 받는다. 그러나 당사자에게 예고도 없이 급여에서 미납 세금이 공제된다.

그 공제 금액은 때로 임금 전액에 이른다. 평균으로 봐도 15일에 40프랑이다.

우아디아의 농업 노동자 임금은 6~8프랑이다. 여성 노동자는 올리

i 노동자들은 4시부터 11시까지 일하고 한 시간 휴식 후 12시부터 19시까지 일한다.
ii 프랑스계 지주.

브 수확을 하며 3~5프랑을 받고 코뮌에 고용된 노동자는 10~11프랑을 받지만, 거기서도 미납 세금을 공제한다.

마요에서는 노동자가 시간제한 없이 종일 일하고 9~10프랑을 번다. 올리브를 수확할 때는 수확한 올리브 1퀸틀[iii]당 8프랑을 가족 단위로 지급하는 방식이 쓰인다. 4인 가족이 하루에 보통 2퀸틀을 수확하므로 인당 4프랑을 받는 셈이다.

시디-아이시에서는 임금이 현금 6프랑, 갈레트, 무화과다. 어느 회사는 노동자에게 7프랑을 지급하는 대신 음식은 제공하지 않는다. 1년에 1천 프랑을 지급하면서 음식을 제공하는 계약도 있다.

대형 농장인 엘-크쉬르 평야에서는 남자에게는 10프랑, 여자에게는 5프랑을 지급하고 포도나무 가지치기를 위해 고용한 아이에게는 3프랑을 준다. 델리스에서 포르-게동까지의 해안 지역에서는 12시간 노동에 6~10프랑을 준다.

이처럼 분노를 불러일으키는 정보 나열을 마치며, 두 가지 사실을 짚고 넘어가겠다. 우선 노동자들은 그 어떤 저항도 하지 않았다는 사실이다. 1936년에 단 한 번, 베니-엔니Beni-Yenni에서 일당 5프랑을

iii 무게 단위로 1백 킬로그램에 해당된다.

받으며 도로 공사 중이던 노동자들이 파업을
벌여 임금을 10프랑으로 고정한 계약서를 얻
어 냈다. 그들은 노동조합원은 아니었다.

　다음은 카빌리 노동자들이 항상 일터에서
멀리 떨어져 살기 때문에 부당한 하루 노동 시
간 문제가 더 악화된다는 점을 말하고 싶다.
왕복 10킬로미터 이상 이동하는 사람들도 있
다. 그들은 밤 10시가 넘어 귀가해 몇 시간 동
안 기절하듯 잠들었다가 다음 날 새벽 3시에
다시 집을 나선다. 왜 굳이 집으로 돌아가야
하는지 묻는 사람도 있을 것이다. 나는 그 질
문에, 그들은 가족이 있는 집에서 한순간이나
마 긴장을 풀 수 있기를 간절히 바란다고만 답
하겠다. 그들의 유일한 기쁨인 동시에 모든 근
심이 비롯되는 장소인 집에서.

착취의 이유

이런 상황에는 다 이유가 있다. 공식적으로 매
겨진 하루 일당은 17프랑이다. 일당이 6프랑까
지 내려간 이유는 만연한 실업으로 인해 경쟁
이 심해졌기 때문이다. 콜롱과 카빌리 지주들
은 이 현실을 너무나도 잘 알고 있다. 일부 행
정관들은 콜롱과 카빌리 지주들이 불만을 품
을까 봐 코뮌 노동자들의 임금 인상을 꺼린다.

베니-엔니에서는 이후 언급할 어떤 상황 덕분에 대형 국책 사업 정책이 실시되었다. 실업이 대폭 줄었고, 노동자들은 일당 22프랑을 받았다. 이는 저임금의 유일한 원인이 착취라는 사실을 증명한다. 적절한 다른 이유는 없다.

콜롱들은 카빌리 노동자들이 이동이 잦다는 구실로 그들에게 '뜨내기' 인부의 임금을 지급한다. 현재 카빌리에서는 모든 노동자가 뜨내기 임금을 받으며, 이 하찮은 구실 뒤에는 용서할 수 없는 이해관계가 숨겨져 있다.

논의를 마무리하기 전에, 원주민 노동자들이 열등하다고 알려진 주장에 대해 언급하겠다. 그 주장은 콜롱이 이 고장의 불행한 민족을 통치하며 그들을 대체로 멸시한 데서 비롯된 것이다. 그리고 내가 보기에, 이런 멸시를 공공연히 드러내는 사람들은 신뢰성이 떨어진다. 카빌리 노동자의 생산성이 낮다는 말은 허위 사실임을 나는 확신한다. 만약 그 말이 사실이라면 노동자를 가만두지 않는 작업반장들이 책임지고 생산성을 개선할 것이다.

단, 시골 공사장에서 곡괭이조차 들지 못하고 비틀거리는 인부를 볼 수 있는 것은 사실이다. 하지만 그 이유는 그가 굶주렸기 때문이다. 먹지 못한 사람은 힘이 없고, 힘이 없는 사람은 적은 임금을 받아야 한다는 것은 역겨운

논리다.

이 상황에는 답이 없다. 식량 배급으로는 카빌리를 굶주림에서 구할 수 없다. 오로지 실업률을 낮추고 임금을 조절해야 한다. 이것은 실현이 가능하고 내일 당장 시행되어야 한다.

나는 오늘, 프랑스 식민 당국이 원주민들에게 본국의 호의를 증명하고자 퇴역 군인들에게 훈장을 수여할 거라는 이야기를 들었다. 이 소식을 전하는 이유는 비꼬기 위해서가 아니라 씁쓸한 마음 때문이다. 용기와 충성을 보상하는 일은 조금도 나쁘지 않다고 생각한다. 그러나 지금 카빌리에서 굶주림에 시달리는 이들 중에도 많은 사람이 전쟁에서 싸웠다. 그들이 프랑스에 대한 충성심을 증명하는 쇳조각을 굶주린 아이들 앞에 내보이며 어떤 표정을 지을지 궁금하다.

Alger Républicain, 1939. 6. 9.

V
주거

alger républicain

MISÈRE DE LA KABYLIE
par Albert CAMUS

V. — L'HABITAT

« Des enfants dans la boue noire des égoûts...»

L'ÉCOLE DU MOUVEMENT

LE MÉTIER
par Lucienne JEAN-DARROUY

DE CHEMINOT

L'HISTOIRE ET LA VIE DU RAIL EN ALGÉRIE (V)

Des travailleurs d'élite

Chez le garde-barrière

La vie de famille du cheminot

Les cheminots contre la abondance

LE VILLAGE AUX ÉGOUTS

LA ROUTE ET L'EAU

Seinaïe et sa réfugiée de Boufarr s'embarquent à midi
par PERAS

"시궁창의 검은 흙에서 노는 아이들"

눈으로 직접 보지 않는 한 카빌인이 어떤 환경에서 사는지 알기 힘들다. 카빌리의 구르비 구조는 많이 소개된 바 있으니 다시 기술하지는 않겠다. 그러나 한 가지만 지적하겠다. 카빌리의 구르비에서는 하나뿐인 방을 약 40센티미터 높이의 낮은 벽으로 둘로 나누어, 좁은 쪽에는 가축이 살고 넓은 쪽에는 사람이 산다. 가축이 사는 공간의 위쪽을 나뭇가지로 막아 다락처럼 쓰는데, 그곳에 식량을 보관한다. 따라서 카빌인은 자신의 모든 재산을 한눈에 파악할 수 있다.

보통 5명의 식구와 2~3마리의 가축이 사는 이 집에 창문은 없다. 문이 창문을 대신하며, 통풍도 문으로 이루어진다. 내가 집 안으로 들어가기 위해서 몸을 반으로 굽혀야 했으니, 문의 크기를 대략 짐작할 수 있을 것이다. 내가 간 곳은 아드니였다. 가장 가난해 보이는 구르비 안으로 들어가자, 연기로 가득한 어둑한 공간에서 두 여자가 나를 맞이했다. 나이가 아주

많은 여자와 임신한 여자였다. 아이 셋이 놀란 표정으로 나를 쳐다보았다. 바닥은 맨땅이었고 문 쪽에 파인 도랑으로는 가축의 오물과 집의 오수가 흐르고 있었다. 가구는 하나도 없었다. 어둠에 익숙해진 뒤 눈에 들어온 하얀 항아리 세 개와 그릇 두 개만이 이곳에 사람이 산다는 걸 증명했다. 어둠, 가축 냄새, 숨 막히는 연기 속에서 빈곤의 모습은 어느 때보다도 처절해 보였다. 나는 부끄러웠고 아무 질문도 하고 싶지 않았다. 그러나 불룩 튀어나온 배를 두 손으로 감싸고 있던 젊은 여자에게 마침내 나는 묻고 말았다. "잠은 어디서 자나요?" 그러자 그녀는 "여기요"라고 대답하며 내가 서 있던 곳, 분뇨 도랑 가까이에 있는 흙바닥을 가리켰다.

시궁창 마을

쉽게 짐작할 수 있듯, 쓰러져 가는 집들이 모여서는 아름다운 도시가 될 수 없다. 그러나 이곳은 집들이 허름할 뿐 아니라 공공시설마저 부재하다는 사실을 알아야 한다. 티지-우주 인근의 블루아Beloua 두아르를 방문했을 때 나는 어디서나 목격할 수 있는 흔한 장면을 보았다. 모든 하수도가 지상에 그대로 드러나 있는 것이다. 각 가정의 배수 도랑은 길가에 뻗어 있는 단 하나뿐인 배수로로 흘러가거나 길을 따라 마을 한복판으로 흐른다. 결국 모든 길이 하수도가 되고 만다. 길에는 보랏빛이 도는 시커먼 진창이 흐르고, 그 속에 죽은 닭들과 배가 산만한 두꺼비들이 뒤엉켜 있다. 블루아에 간 날, 아이들 서넛이 그 썩은 물에서 손가락으로 두꺼비를 빙빙 돌리고 있었다. 마을의 언덕 한곳에는 하수 집수장 구실을 하는 개천이 있고, 그 위로 모기떼가 맴돌고 있었다. 개천 위쪽 땅은 최근 홍수로 인해 지반이 아래로 밀렸고 열 채쯤 되는 집도 곧 쓸려 내려갈 위기에 처해 있다. 주민, 닭, 죽은 두꺼비도 함께. 이것이 모든 카빌리 마을의 현실이다. 배수관은 존재하지 않고 화장실도 물론 없다. 골목길이 화장실 역할을 대신한다.

엘-플레 마을은, 더 놀라는 것이 가능할지 모르겠지만, 상황이 더욱 놀랍다. 길은 시궁창이고 중앙 도로가 바로 주된 배수로다. 그 도로에 다른 모든 길의 검은 오수와 냄새가 고약한 진흙이 모여, 2미터 폭의 악취를 풍기는 하천을 이룬다. 그 악취를 중심으로 카빌리 마을의 삶이 돌아간다. 나는 이런 삶의 어느 부분도 인간적이라고 말할 수 없다. 포르-나시오날에서 2킬로미터 떨어진 타우리르트-아모

크란^{Taourirt-Amokrane}에서도 그 냄새를 느꼈다. 줄곧 이어진 험한 산등성이, 깎아지른 듯한 어느 봉우리 위였다. 우리는 진흙, 돌, 양철로 만들어진 집들 사이로 펼쳐진 좁은 골목길을 지났다. 열로 달궈진 하늘이 길을 짓누르고 뜨거운 포석^{鋪石} 사이로 시궁창 냄새와 똥내가 올라왔다. 모든 집의 문에서 흘러나오는 연기와 강렬한 가축 냄새가 우리를 맞이했다. 지글지글 달아오른 길에는 그대로 드러난 하수도를 따라, 누더기를 둘렀지만 아름다운 눈을 가진 아이들 한 무리가 모여 있었다. 집 한구석에서는 항아리를 든 여인들이 모여 수다를 떨었다. 이따금 어디서 온 것인지 정체를 알 수 없는 철제 계단이 불쑥 나타나, 담벼락 위로 비스듬히 이어져 하늘 가득 허공을 배경으로 또렷한 윤곽을 드러냈다.

그런 순간에는 프로방스^{Provence}나 그리스의 어느 마을에서처럼 여기서도 살 수 있다는 생각이 들었다. 하지만 먹을 것이 필요하다. 물과 도로도 필요하다.

도로와 물

이제 카빌리의 주거와 관련해 가장 걱정스러운 문제를 다루겠다. 눈이 많이 내리고 급류가 흐르지만 카빌리는 메마른 땅이라 해도 과언이 아니다. 카빌리의 전체 마을 중 4분의 3에서 물을 구하러 1킬로미터 이상 나가야 한다. 보르지-므나이엘의 원주민 도시에는 우물이 1백 가구당 3개뿐이다. 한 주민은 "여름에 우리는 사하라에 사는 새 같아요"라고 말했다. 하지만 그곳 주민들은 그나마 혜택받는 축에 속한다. 보르지-므나이엘의 마을 중에는 물이 있는 곳이 없다. 티지-우주의 어떤 마을에서는 가축으로 인해 오염된 우물의 물을 마신다. 아드니에서는 마을 여자들이 1킬로미터 떨어진 곳까지 물을 길으러 간다. 미슐레의 타으샤트^{Tahechat}, 아구달^{Agoudal}[i] 두아르 사람들은 샘까지 2시간 반을 걷는다. 타미구트^{Tamigout}, 틸릴리트^{Tililit}, 아우리르^{Aourir}, 우에드-슬릴^{Oued-Slil} 등에서는 도보로 최소 30분은 가야 물이 있다. 쿠쿠^{Koukou} 마을의 카빌인은 7킬로미터 떨어진 곳에서 물을 실어 온다. 마요 지역, 특히 시냇물과 우물물을 식수로 쓰는 베니-만수르^{Beni-Mansour} 마을 주변에서는 말라리아가 창궐한다. 같은 지역 타샤시트^{Tachachit} 마을 사람들은 구멍을 파서 빗물을 받고, 시디-아이시 코뮌도 비슷한 상황이다. 특히 팀즈리트^{Timzrit} 두아르에서는 오염된 우물물을 받으려고 반 시간을 걷는다. 엘-플레의 여자들은 아침에 먼저 물을 받기 위해 우물이 있는 곳에서 밤을 새우기도 한다.

도로 상황도 마찬가지로 시급하다. 코뮌의 중심지들은 포장도로로 연결되어 있지만, 거의 모든 두아르에는 차가 다닐 수 있는 길이 없다. 보르지-므나이엘 지역의 경우, 우에드 스미르OuedSmir 외의 두아르에는 도로가 없다. 티지-우주 주변으로 반경 1킬로미터 안쪽의 마을들은 고립되어 있다. 우아디아에는 9개의 마을 중 한 곳에만 도로가 있고 시디-아이시에는 56개의 마을 중 10여 곳에만 도로가 있다. 이 비율은 마요, 메클라Mekla, 델리스 등에도 적용된다. 이와 관련해 하나만 지적하고 마치겠다. 시디-아이시 지역에는 한 번도 코뮌에 나온 적이 없어서 평생 자동차를 본 적이 없는 여자들이 존재한다. 참고로 우리가 1939년에 살고 있음을 상기하기 바란다.

물과 도로를 박탈당하고 허물어져 가는 집에 갇힌 카빌인은 그들에게 부족한 모든 것을 필요로 한다. 깨끗하고 통풍이 잘되는 주거환경을 좋아하는 민족이 있다면 바로 이들이다. 이 말이 사실임을 확인하려면 타마지르트 Tamazirt[ii]와 아주자 국도변의 마을을 방문하면 된다. 이곳에는 카빌인 교사와 공무원이 많이 산다. 이곳의 사례에서

ii 세티프Sétif 지방에 위치한 지명이다.

카빌인도 가능하기만 하면 집을 개선하고 위생적으로 살고자 노력한다는 것을 알 수 있다.

삶의 질을 높이려는 카빌인의 노력을 우리는 도와야 한다. 원주민 도시인 보르지-므나이엘에서는 벌써 해냈고 그 결과는 만족스럽다. 그곳에서는 카빌인 주민에게 월 40프랑에 방 두 개짜리 아파트를 제공한다. 우리에게는 아무것도 아닌 임대료를 불행히도 많은 주민이 지불하지 못하고 있다. 카빌리의 주거 문제도 결국은 임금 문제다.

카빌리를 개발해 도로와 물을 공급하려면 막대한 자금이 필요할 거라고들 한다. 이에 대해서는 결론에서 이야기하고자 한다. 다만 어떤 정책에 수많은 이점이 있다면 무턱대고 거부하지 말고 검토할 가치가 있다는 사실만 지적하겠다. 실업 해소, 임금 인상, 주거 개선이 가능하며 어쨌든 우리가 우리 것으로 만든 땅을 개발할 수 있다. 하지만 하던 이야기를 계속하기 위해, 미슐레 지역에 두아르 네 곳이 이용할 수 있는 수원이 설치된 예를 상기시키겠다. 비슷한 사례는 그뿐이 아니다. 베니-옌니에서는 카빌인들이 식민 당국의 도움을 받아 마을까지 물을 끌어 왔고, 포르-게동의 행정관은 비교적 짧은 시간 내에 산에 17개나 되는 급수장을 만들었다. 해야 할 사업과 본받을 경험들이 있다. 주거 문제를 해소하고 카빌리의 여러 마을에 시궁창이 추억 속에만 존재하는 삶을 만들기 위해 어떤 특별한 해결책이 바람직할지, 이 조사의 마지막에 제시할 것이다.

Alger Républicain, 1939. 6. 10.

VI
원조

alger républicain

2e Année · No 547 · Samedi 10 Juin 1939

Rédaction - Administration - Publicité : 6, rue Koechlin · Tél. : 591-28 · 594-11 · Ch. Post. 596-37 · ALGER · Bureau de vente : 14, r. Alfred-Lelluch

Aujourd'hui nous publions nos comptes

LONDRES ET PARIS

élaborent une nouvelle formule de pacte tripartite susceptible de rallier l'U.R.S.S.

En conséquence M. Strang ne partira que lundi pour Moscou

A la quasi unanimité la Chambre s'est prononcée

pour la discussion d'une proposition de M. Duclos

invitant le Gouvernement à ne pas proroger par décret le mandat des députés

M. Paul Reynaud, dont on connaît la tendre maladive et le goût de la publicité, s'est piqué hier que les journalistes ne soient pas venus au Palais-Bourbon pour l'entendre

LA SEANCE DU MATIN

MISÈRE DE LA KABYLIE

VI. — L'ASSISTANCE

« Un médecin pour 60.000 habitants »

par Albert CAMUS

Les réservistes rappelés

seraient libérés le 1er septembre pour les troupes de forteresse et le 1er octobre pour les autres troupes

Un drame rapide à Bab-el-Oued

Sans travail et sans abri à 3 coups de revolver sa femme qui l'avait abandonné puis se fait justice

Alger Républicain n'a rien à dissimuler de sa gestion

Nos comptes

ACTIF :

PASSIF :

L'histoire et la vie du rail en Algérie (VI)

L'ASPECT COMMERCIAL DES C.F.A.

par Lucien JEAN-DARROUY

MISÈRE DE LA KABYLIE

VI. — L'ASSISTANCE

Au Conseil Municipal

Les interpellations de MM. Ozangea et Guilac-Briçonnière

A FONTAINE...

Quatrième séance

De M. Ozangea

NOUVELLES DU MAGHREB

A FONTIGRNOLLE

Un enfant...

Comité École de Toufart

A PONT-L'ABBÉ...

A PORT-D'ÉGUSE

Alger Républicain n'a rien à dissimuler de sa gestion

Nos comptes

A TUNIS

Un journal fasciste est condamné

Pour 100 Kabyles

EN QUELQUES LIGNES

A L'OFFICIEL

Grand roman d'aventures inédit

Par Edmond ESQUIROL

SOUSCRIPTION POUR L'ACHAT DE NOTRE 2e LINOTYPE

NOTRE CONTRIBUTION EXCEPTIONNELLE

"주민 6만 명당 의사는 단 1명"

이 글을 시작하며, 영양이 부족하고 물과 위생 시설이 부재한 상태, 즉 처참한 보건 상태에서 사는 사람들이 건강할 리 없다는 사실을 언급할 필요는 없을 것이다. 이 분명한 사실을 인정하기는 괴롭지만, 더욱 괴로운 이유는 그 사람들이 세계에서 가장 위생적인 지역에 속하는 곳에서 비참한 삶을 이어가고 있기 때문이다. 교통망의 부재가 의사를 비롯한 의료 인력의 업무 경감에 도움이 되지 않는다는 사실 또한 언급할 필요가 없다. 그러나 이 두 사실에 인구수 대비 부족한 의사의 수를 더하면 건강 복지 문제의 본질적 요소를 모두 소개하는 셈이다. 그리고 이 조사의 원칙은 수치와 사실로 증명하지 않고는 한 발짝도 나아갈 수 없으므로, 여기에 정확한 정보를 제시한다.

15년 동안 의사를 보지 못한 마을

전반적인 상황을 이해하기 위해서 우선 알아

야 하는 것은 카빌리에는 평균적으로 주민 6만 명당 의사가 단 1명이라는 사실이다. 이 수치는 어처구니없다. 주민 중 최소 절반은 의사가 있는 중심부까지 노새로 몇 시간은 가야 하는 곳에 살고 있다는 사실을 생각하면 더욱 어이없는 수치다. 최고의 식민 의사들médecins de colonisation[i]이라 할지라도 이런 환경에서는 어쩔 도리가 없다. 전염병이 도는 시기에 현실적인 방책은 단 하나뿐이다. 그냥 내버려 두는 것이다.

세부적으로 들여다보면 문제는 더 비극적이다. 보르지-므나이엘에는 해당 지역 소속의 공공 의사médecin communal가 없다. 그래서 진료비를 받는 민간 의사 2명과 방문 간호사 1명이 2만5천 명을 담당한다. 간호사는 거의 항상 노새를 타고 이동하는데, 환자 1명을 방문하려고 38킬로미터나 이동하는 경우도 있다.

티지-우주의 주민 4만5천 명에게는 1명의 공공 의사가 있는 대신 방문 간호사가 없다. 그 결과 매년 5만 프랑에 달하는 입원 비용을 코뮌 예산으로 부담해야 한다. 일주일에 10여 차례 출산이 이루어지는 블루아 두아르에서 의료인 부족 문제는 처참하게 드러난다. 이런 상황에서 출산하려면 진료비를 지불하고 조산사와 민간 의

[i] 알제리를 식민화하는 과정에서 군의관으로서 군대와 함께 파견되었다가 지역에서 의료 활동을 하게 된 의사들을 가리킨다.

사를 불러야 한다. 그러나 그것이 가능한 사람은 극소수다. 어느 가난한 주민은 1년 반 전에 의사에게 6백 프랑을 빚졌는데 아직 한 푼도 갚지 못했다고 나에게 고백했다.

그래서 개인이 앞장서서 문제를 해결하기도 한다. 롤랑 신부는 여름 동안 일주일에 반나절씩, 의사 소솔Saussol의 도움을 받아 집에 무료 진료실을 연다. 여름에는 눈병 환자가 가장 흔하다. 어느 날 저녁에는 신부의 집 앞에 백여 명의 환자가 모여 있었고 그중 일부는 치료를 받지 못한 채 돌아가야 했다. 티지-우주 코뮌이 125프랑의 수도 요금을 후하게 지원하며 이 사업에 공헌했다는 사실은 꼭 전하고 싶다.

포르-나시오날 코뮌에는 방문 간호사 1명과 의료 보조 1명밖에 없다. 백의 전교회[ii] 신부들과 민간 주체가 이와 같은 의료인 부족 문제를 가능한 만큼 해결하고자 애쓴다. 그러나 예를 들어 포르-나시오날에서 40킬로미터 떨어진 베니-켈릴리Beni-Khelili 두아르에는 무려 15년 전부터 의사가 방문한 적이 없다. 작년에 이 두아르 대표들은 의사의 진료를 받기 위해, 메클라 코뮌의 의료 구역에 편입하게 해 달라고 요구했다. 물론 원주민 학교에도 의사가 방문한 적은 없다. 한 이발사에 따르면 그의 사촌이 출산하는데

ii 1868년, 알제리의 수도 알제에 설립된 선교 단체 '아프리카 전교회'의 별칭으로, 신부들이 흰색 수단을 입은 데서 유래했다.

오려는 의사가 없었고, 사촌은 결국 아기와 함
께 처참한 고통 속에서 죽었다고 한다.

아드니 마을에는 3년 반 전부터 방문 간호
사가 오지 않았다. 중심지의 민간 의사는 한
번 부를 때마다 80프랑이 들기 때문에 부를
엄두를 내지 못한다. 하지만 매년 여름 유행성
장염이 돌면서 1~5세 아이들 10명 중 9명이
죽는다.

미슐레 코뮌에는 주민 9만 명당 코뮌 공공
의사 1명, 방문 간호사 1명 그리고 의료 보조
1명이 있다. 의사가 간호사 3명, 보조 3명을
요구하지만 답이 없는 상황이다. 기존의 방문
간호사는 자선 사업가로 탈바꿈해 개인 비용
으로 환자를 치료한다. 미슐레 코뮌은 건강 복
지에 40만 프랑을 지출하지만 그중 대부분은
입원 비용으로 지출된다. 그 돈이면 해마다 두
아르 하나에 보건소 하나를 세울 수 있고, 10년
안에 코뮌에 보건 시설 하나를 제공할 수 있
다. 주기적으로 말라리아가 창궐하는 우아디
아는 보그니Boghni 코뮌의 의료 구역에 의존하
고 있는데, 보그니에는 주민 6만 명당 공공 의
사 1명, 방문 간호사 1명, 의료 보조 1명이 있
다. 우아디아에는 원래 방문 간호사 1명이 배
정되었지만, 밝혀지지 않은 어떤 모종의 이유
로 그마저 삭감되었다.

마요 코뮌에는 주민 3만 명당 공공 의사, 방문 간호사, 의료 보조가 각각 1명씩 있다. 부속 병원이 있는데도 의료진은 항상 바쁘다. 1936년, 1937년, 1938년에 걸쳐 발생한 3차례의 티푸스는 매번 80~100명의 생명을 앗아갔다.

시디-아이시 코뮌도 주민 12만5천 명당 공공 의사, 간호사, 의료 보조가 단 1명씩이다. 불쌍한 엘-플레 마을의 주민들이 치료를 받으려면 방문 치료 비용으로 1백 프랑을 지불해야 한다. 카빌리의 다른 코뮌, 특히 델리스와 티그지르트Tigzirt에서도 상황은 비슷하다. 지금 이 글을 쓰는 동안에도 티그지르트 근처 티코벤Tikobaine 마을에서는 티푸스가 유행해 벌써 40명이 사망했다. 40번째 사망자가 발생하고 나서야 산림 관리인은 이 사실을 코뮌에 신고했고, 전염병은 여전히 확산 중이다.

카빌리에서는 100명이 태어나고 50명이 죽는다

이러한 보건 의료 체계가 초래한 결과를 수치로도 설명할 수 있다. 하지만 개괄적인 통계자료에는 온갖 내용이 들어 있으므로, 숨맘Soummam 통합코뮌의 경우를 통해 구체적인 예를 들겠다. 12만5천 명이 사는 이곳에서

는 평균적으로 매년 4,562명의 아이가 태어난
다. 그러나 역시 평균적으로 매년 1세 미만 아
기 613명, 1~10세 어린이 756명, 10~20세 청
소년 99명, 20세 이상 성인 882명이 사망한다.
출생 수일 내에 사망해 출생신고조차 하지 못
한 아기도 흔하다. 정확히 따지기 어려운 경우
를 제외하고 위 수치들을 단순히 더해보면, 연
간 약 2,350명이 사망한다는 사실을 알 수 있
다. 출생 대비 사망 비율은 50퍼센트에 달한다.

유일한 문제

이와 같이 카빌리 보건 상태의 대략적인 형편
을 설명했고, 더 추가할 내용은 없어 보인다.
개선해야 할 점을 검토하는 편이 바람직하겠
다. 의사들이 마주하고 있는 어려움과 카빌리
의 의료 체계를 완비하는 데 들어갈 막대한 노
력을 감추려는 것은 아니다. 하지만 도로가 생
겨 쉽게 이동할 수 있게 되면 의사가 덜 필요
해질 것이다. 물, 위생, 정상적인 영양 섭취를
통해 이 특수한 기후에서 지녀야 할 힘을 망가
진 몸에 불어넣는다면 의사를 덜 부르게 될 것
이다. 무엇보다도 금전적 여유가 생기면 의사
를 제때 부를 수 있을 것이다. 놀랍게도 의료
문제는 도로, 물, 실업, 임금 문제와 긴밀히 연

관되어 있다. 카빌리의 모든 문제는 개별적이지 않으며, 개발을 통해 생활수준을 향상함으로써 이 모든 문제를 해결할 수 있다. 그날이 오면 우리는 빈곤을 물리칠 것이고, 꽃으로 가득한 카빌리의 도로에서 궤양, 부푼 눈, 창백한 얼굴을 마주치지 않게 될 것이다.

VI. L'assistance

Alger Républicain, 1939. 6. 11.

VII

교육

alger républicain

Rédaction - Administration - Publicité - 6, rue Koechlin - Tél. : 271-59 - 394-17 - Ch. Post. 339.27 - ALGER - Bureau de poste : 13, r. Jules-Ferry

Lire en dernière page :
Entretien de Pierre FERRAND

Une intervention de Maurice VIOLLETTE en faveur de l'admission de certains réfugiés en France

Alger Républicain n'a rien à dissimuler de sa gestion

Notre Conseil d'Administration

Notre volonté Nous espérons

Les 3.000 dockers du port de Rouen s'étaient mis en grève hier

Depuis plusieurs jours une entreprise était impressionné les clauses de la convention collective

Un accord étant intervenu le travail reprendra lundi

Les bombardements de la capitale chinoise par l'aviation des envahisseurs

M. le gouverneur général LE BEAU visite les réalisations du paysannat et les grands travaux de l'Oranie

Une explosion suivie d'incendie détruit le théâtre royal de Madrid

Le maréchal JOFFRE a désormais sa statue à Paris

MISÈRE DE LA KABYLIE

VII. — L'ENSEIGNEMENT

Les palais dans les déserts

par Albert CAMUS

L'histoire et la vie du rail en Algérie (VII)

Le problème de la coordination

P.7. - 11-6-39

UNE CONFÉRENCE NATIONALE d'aide aux réfugiés s'est ouverte à Paris

M. Maurice Viollette dans une émouvante intervention a indiqué quelques mesures susceptibles de permettre l'acclimatation de certains réfugiés en France

MISÈRE DE LA KABYLIE

VII. — L'ENSEIGNEMENT

Le voyage du Gouverneur général LE BEAU en Oranie

L'Afrique Équatoriale des droits essentiels une entente anglaise-italienne

La question indigène LE SOUPÇONNEMENT DU PAYS KABYLE

La fin d'une légende

La Gazette de Pénurot

NOUVELLES BRÈVES

Grand roman d'aventures inédit

Par Édouard ESQUIROL

A L'OFFICIEL

사막의 궁전

카빌인의 교육에 대한 갈증과 배움에 대한 관심은 널리 알려져 있다. 하지만 카빌인은 그들이 갖춘 타고난 자질과 실용적인 지식 외에도, 학교가 해방의 도구가 될 수 있음을 재빨리 알아차렸다. 지금 이 시간에도, 마을에서 학교 설립을 위해 장소를 제공하고 경제적인 부담을 받아들이거나 무료로 일손을 빌려주는 경우가 드물지 않다. 이렇게 제공된 물자와 인력이 방치되는 경우 역시 드물지 않다. 그리고 학교는 남자아이들만을 위한 것이 아니다. 내가 들린 모든 카빌리의 중심지에서 주민들은 여학교 설립을 초조하게 기대했다. 그런데 오늘날 이 모든 학교는 학생을 거부한다.

카빌리 교육의 짧은 역사

카빌리의 가장 큰 교육 문제는 학교가 부족하다는 것이다. 그렇다고 교육 예산이 부족한 것은 아니다. 이 모순에 대해서는 곧 설명하겠다. 최근에 건설된 웅장한 학교 10여 곳을 제외하면 오늘날 카빌리의 학교 대부분은 알제리의 예산이 본국 프랑스에 의존하고 있던 1892년 무렵에 설립되었다.

1892년부터 1912년까지 학교 설립은 전면 중단되었다. 이 시기에 졸리 장-마리^{Joly Jean-Marie} 계획에 따라 한 곳당 5천 프랑을 들여 많은 학교를 설립할 예정이었다. 뤼토^{Lutaud} 알제리 총독은 1914년 2월 7일, 알제리에 매년 62개의 학급을 열고 22곳의 학교를 설립하겠다고 엄숙히 선언했다. 그 선언의 반만이라도 실행되었다면 현재 학교에 다니지 못하는 원주민 어린이 90만 명은 모두 학교교육을 받았을 것이다.

자세히 설명할 필요가 없는 이유[i] 때문에 그 공식적인 계획은 실행되지 않았다. 그 결과는 숫자 하나로 요약할 수 있다. 현재 학교에 다녀야 할 나이의 카빌리 아이들 중 겨우 10분의 1만 교육 혜택을 받고 있다는 것이다.

그렇다면 식민 당국은 아무 조치도 취하지 않았는가? 문제는 단순하지 않다. 르보^{Georges Le Beau}[ii]는 얼마 전 연설에서 원주민 교육을 위해 수백만 프랑이 할애되었다고 공표했다. 그러나 지금부터 제시할 자료는 상황이 크게 개선되지 않았음을 명확히 증명

i 1차 세계대전을 말한다.
ii 1935~1940년에 알제리 총독을 역임했다.

한다. 솔직히 말해 그 수백만 프랑은 잘못 사용되었다고 봐야 하며, 그 이유를 예를 들어 설명하려고 한다. 하지만 우선 현재 상황을 보자.

학교의 아이들

경제와 관광의 중심지에는 당연히 교육 시설이 잘 갖추어져 있다. 그런데 우리의 관심사는 그런 곳이 아닌 바로 카빌리의 두아르와 그 주민의 상황이다. 우선 티지-우주의 유명한 원주민 학교는 정원이 6백 명인 탓에 매년 5백 명의 학생을 거절하고 있다.

내가 방문한 우말루Oumalous의 어느 학교에서는 교사가 10월에 반마다 10여 명의 학생을 거절해야 했다. 각 반의 학생 수가 60~80명으로 이미 정원 초과 상태였다.

베니-두알라Beni-Douala에서는 학생 86명이 긴 의자 사이사이와 교단 위까지 빽빽이 들어찬 교실 모습에 놀라게 된다. 몇 명은 서서 수업을 듣는다. 제마아-사리즈의 멋진 학교는 250명이 정원이어서 10월[iii]에 50여 명의 입학을 거절했다. 전교생이 106명인 아드니에서는 13세가 넘은 학생들을 내보냈고[iv] 새로 온 10여 명의 아이를 돌려보냈다.

미슐레 인근의 상황은 어떤 면에

iii 입학 시기를 말한다.
iv 프랑스 법률상 의무교육은 13세까지다.

서 더 주시할 만하다. 주민 1만1천 명인 아그날Aguedal 두아르에는 학급이 2개인 학교가 하나 있다. 이토마그Ittomagh[v] 두아르에는 카빌인 1만 명이 살지만 학교는 없다. 베니-우아시프Beni-Ouacif의 부-압데라흐만Bou-Abderrahmane 학교에서는 1백여 명의 학생을 거절했다.

아이트-아일렘Aït-Aïlem 마을에서 제공한 교실은 2년 전부터 선생님 단 1명을 기다리고 있다. 시디-아이시 지역 내의 비외-마르셰Vieux-Marche 마을에서는 10월에 2백 명이 입학을 신청했으나 15명만 입학했다.

1만5천 명이 사는 이케잔Ikedjane 두아르에는 학급이 하나도 없다. 인구수가 동일한 팀즈리트 두아르에는 학급이 하나인 한 학교가 있다. 이아자젠Ihadjadjène 두아르(주민 5천 명)와 아주룬-베샤르Azrou-N'-Bechar 두아르(주민 6천 명)에는 아예 학교가 없다.

시디-아이시 지역 아이들의 80퍼센트는 학교를 다니지 않는 것으로 추정된다. 이 지역에서 1만 명에 가까운 아이들이 시궁창 바닥에서 놀고 있는 셈이다.

마요 코뮌과 관련해 내 눈앞에 두아르별로 주민 수 대비 학교 수를 계산한 자료가 놓여져 있다. 그 목록이 사교계 문학도 아니건만 읽다 보면 지겨워서 견딜

v Ittourar를 Ittomagh로 잘못 표기한 것으로 보인다.

수가 없다. 한 가지만 알아 두자. 이 지방에서는 카빌인 3만 명당 9개 학급이 있다. 앞에서 이미 극빈 지역임을 밝혔던 델리스 코뮌의 베니-슬리엠 두아르의 경우 주민이 9천 명인데 학급이 하나도 없다.

여학교에 관해 최근에야 식민 당국이 칭찬할 만한 발의를 했는데, 두아르 10곳 중 9곳에는 여학교가 없는 것이 확실하다. 하지만 그에 대한 책임을 묻는다면 부당한 일이 될 것이다. 카빌인들이 여학생 교육을 극히 중요하게 여기며 교육 확대를 만장일치로 요구하고 있다는 사실에 중점을 두어야 한다.

일부 카빌리 남성들의 통찰은 감동적이다. 그들은 여성 교육의 부재로 자신과 자신의 아내 사이에 깊은 골이 파였음을 인식한다. 한 남성은 이렇게 말했다. "가정은 이름만 남고 살아 있는 알맹이가 없는 사회적인 껍데기가 됐어요. 그리고 우리는 우리 아내들과 감정을 나누기가 불가능하다는 고통을 날마다 느껴요. 여학교를 세워 주세요. 그러지 않으면 이 균열이 카빌리 사람들의 삶을 무너뜨릴 겁니다."

역설

우리는 카빌리의 교육을 위해 아무것도 하지

않았다는 말인가? 그 반대다. 내가 알기로는 모두 10여 곳에 이르는 웅장한 학교를 설립했다. 각 학교마다 70만, 100만 프랑을 들였고, 그중 가장 멋진 학교는 제마아-사리즈, 티지-우주, 틸릴리트의 학교일 것이다. 하지만 이 학교들은 꾸준히 입학을 거부한다. 지역의 요구에 전혀 응하지 못하고 있다.

카빌리에는 궁전이 필요하지 않다. 청결하고 소박한 학교가 많이 필요할 뿐이다. 모자이크로 장식된 벽은 없어도 되고, 편안하고 위생적인 건물이면 충분하다는 내 생각에 모든 교사가 동의할 것이다. 교사들은 직업에 대한 사랑을 시골 마을의 힘겨운 고독 속에서 날마다 증명하고 있다. 쓸모없는 퍼걸러^{pergola}보다 교실 2개를 원하면서 말이다.

카빌리에서 가장 험난한 곳에 속하는 아그리브^{Aghrib} 지역을 가로지르다가, 포르-게동 길에서 이 터무니없는 정책의 상징을 찾아볼 수 있었다. 단 하나 아름다웠던 것은 산꼭대기에서 산들 사이로 내려다보이는 묵직한 바다였다. 그러나 윙윙거리는 빛 가운데에는 화려한 금작화와 유향나무로 뒤덮인 험한 돌밭이 끝없이 펼쳐져 있었다. 그리고 사람 하나 보이지 않는 그 사막 한복판에 화려한 아그리브 학교가 무용, 무익의 상징처럼 우뚝 서 있었다.

여기서 내 생각을 모두 말해야 할 것 같다. 어느 카빌인의 다음 말을 어떻게 받아들여야 할까? "보세요. 최대한의 자본으로 최소한의 교실을 만들고 있어요." 나는 이 학교들이 관광객과 감사 위원회를 위해 만들어졌고, 위엄이라는 편견 아래 원주민의 기본적인 욕구를 희생시켰다는 인상을 받았다.

이 조사를 시작한 이래 처음으로 이런 어조를 취한 것을 후회할지도 모른다. 하지만 이보다 더 비난받을 만한 정책은 없어 보인다. 위엄이라는 개념이 참된 정당성을 가질 수 있는 때는 화려한 겉모습을 갖출 때가 아니라 넓은 배려와 우호적 이해에 근거를 둘 때다.

그 때가 오려면 궁전 같은 학교를 하나 짓는 데 쓴 예산으로 3학급을 더 편성하고 해마다 입학을 거절당하는 초과 인원을 흡수할 수 있어야 한다. 나는 교실 2개와 교사 숙소 2개를 갖춘 쾌적한 현대식 학교를 설립하는 데 드는 비용을 조사했다. 그런 학교를 짓는 데는 20만 프랑이 든다. 궁전 학교 하나를 지을 돈으로 이런 학교를 3개나 지을 수 있다. 이로써 쉽게 판단할 수 있다. 궁전 학교를 짓는 정책은 사흘 굶은 아이에게 1천 프랑짜리 인형을 주는 격이다.

허물어야 하는 벽

카빌인은 빵을 요구하듯이 학교도 요구한다. 하지만 나는 교육 문제를 해결하려면 전반적인 개혁도 필요하다고 확신한다. 카빌인에게 그 문제에 대한 의견을 물으면 모두 한목소리로 답했다. 유럽인과 원주민의 교육을 가르는 인위적인 벽이 허물어지는 날, 서로를 이해하기 위해 태어난 양쪽 아이들이 같은 학교에 나란히 앉아 서로를 알기 시작하는 날, 그날이 와야 카빌리에 더 많은 학교가 생길 것이라고.

확실히 나는 교육의 영향력에 대해 환상을 품고 있지는 않다. 하지만 교육의 불필요함을 농담조로 말하는 이들 자신도 실은 교육의 덕을 보았다. 여하튼 우리가 진정으로 동화[vi]를 원하고 이 품위 있는 민족을 프랑스인으로 받아들인다면 그들과 프랑스인을 분리하지 않는 것부터 시작해야 한다. 내가 제대로 이해했다면, 바로 그것이 카빌인이 원하는 전부다. 내 생각에는 그때 비로소 서로에 대한 이해가 시작될 것이다. "시작될 것이다"라고 쓴 이유는 아직 시작이 이루어지지 않았고, 바로 그 지점에서 우리의 정책이 왜 잘못되었는지 설명할 수 있기 때문이다. 내가 얼마 전 경험한 것처럼, 진심을 담

vi 20세기 초부터 시작된 프랑스의 식민 정책 중 한 흐름. 특수성을 지우고 프랑스 문화 아래 동질화하는 것이 목적이다.

Misère de la Kabylie

아 손을 뻗으면 충분하다. 하지만 차별의 벽을
허무는 것은 바로 우리가 해야 할 일이다.

정정보도: 어제 기사에서, 카빌리에 배당된 의료 인력
에 대한 자료 중 잘못된 수치가 있었다. 숨맘 코뮌에
는 주민 12만5천 명당 의사 1명과 간호사 1명이 아니
라 의사 2명과 간호사 2명이 존재한다. 어제 기사의
수치에는 엘-크쇠르의 인원이 포함되지 않았다. 증명
자료는 정확성이 생명이기 때문에 이러한 정정은 반
드시 필요하다.

Alger Républicain, 1939. 6. 12.

VIII
카빌리 경제의
두 양상:
수공예와 고리대금

alger républicain

Rédaction - Administration - Publié à 8, rue Koudila - Tél. : 471-36 - 474-11 - Ch. Post 236-37 - ALGER - Bureau de pub. : 73, r. Isly-Foro

M. Flandin a préconisé, hier
une collaboration pacifique
entre les peuples.

Il pourrait télégraphier
ce conseil à M. Hitler

Sous la terreur allemande
le peuple TCHEQUE
songe à reconquérir
son indépendance

A Londres, on redoute
une nouvelle crise
internationale

MISERE DE LA KABYLIE

VIII. — Deux aspects de la vie économique kabyle :
l'artisanat et l'usure

Des taux d'usure à 110 pour cent
par Albert CAMUS

A Tizi-Ouzou, M. Maurice Thorez
demande que cesse le sabotage
du contre ont Chine à Bougie

LOTERIE ALGERIENNE

Les fêtes de la jeunesse à Miliana

M. le gouverneur général
LE BEAU
a reçu à Tlemcen
un accueil chaleureux

Au monument aux morts du cimetière d'El-Kettar
un hommage ému a été rendu aux soldats et marins
morts pendant la grande guerre

DERNIERES NOUVELLES

LA CONFERENCE
d'aide aux réfugiés espagnols
réclame la suppression des camps
de Boghar et de Boghari

A l'occasion
de son jubilé
parlementaire
M. Flandin
a tenté d'expliquer
son attitude politique

MISÈRE
DE LA
KABYLIE

VIII. — Deux aspects de la vie économique kabyle :
l'artisanat et l'usure

Des taux d'usure à 110 pour cent

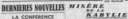

alger à l'école

De BELCOURT à BAB-EL-OUED

MEMENTO

A travers la Ville

ANIS GRAS

FETES ET CONCERTS

Les réjouissances vont leur train
au village d'Hamma-Ville

ALGER-BANLIEUE

COMMUNICATIONS
ET CONVOCATIONS

PARTIS
ET GROUPEMENTS

SORTIES
ET EXCURSIONS

COMMUNIQUES
SYNDICAUX

110퍼센트에 달하는 이자

카빌리의 물질적 상태에 대한 조사를 마치기 위해, 그리고 카빌리 주민과 그곳의 가난이 함께 필요로 하는 개혁을 검토하기에 앞서 산더미 같은 다른 문제들을 고찰해야 한다. 오늘날 카빌리가 처한 괴로운 현실을 더 복잡하게 만드는 얽히고설킨 문제들이다.

이 조사의 틀 안에서 이민, 카빌리의 여성과 그 변화, 유럽인 주민과 원주민 사이의 코뮌별 소득 불평등 같은 문제까지 상세하게 검토할 수는 없다. 그러나 카빌리의 정치적, 경제적, 사회적 미래를 이야기하기 전에 시급한 두 가지 문제를 살펴보려 한다. 바로 수공예와 대출이다. 이 두 가지는 차후 새로운 경제, 최소한 지금 카빌인이 한마음으로 꿈꾸는 경제의 밑그림을 그리기 위해서 반드시 살펴보아야 한다.

수공예 산업의 불황

카빌리가 산업 발달 지역이 아닌 것은 사실이지만, 카빌리 장인들의 작품을 통해 생산과 소비의 격차를 줄일 수 있다는 것도 사실이다. 카빌리의 조각 장식 가구, 광주리, 붉은 바탕에 검은색 그림이 그려진 도기의 조화로운 소박함을 다시 소개할 필요는 없을 것이다. 타우리르트-아모크란의 도기 제조공, 제마아-사리지의 나무 조각가, 타우리르트-미문^{Taourirt-}Mimoun의 보석 세공인은 각 분야의 장인으로 널리 알려져 있다.

그런데 이런 장인들이 요즘 불황에 시달리고 있다. 물론 카빌리의 장인만 불황인 것은 아니지만 이들의 상황이 특히 더 어려운 것은 사실이다. 인내와 심미안의 산물이자 예술로 대접받던 수공예는 도처에서 소규모 공장의 방식을 따르는 수공업으로 변모했다. 그중 카빌리의 장인들처럼 직업에 대한 자부심을 간직했던 장인들은 생산 속도와 효율 면에서 불리해졌다. 게다가 그들은 알제의 상인들에게 지속적으로 착취당하고 있다. 상인들이 작은 함을 30프랑에 사서 80프랑에 되파는 식이다. 카빌리 장인들은 생계를 근근이 유지하기 위해 무리하게 생산량을 늘리고 예술적 가치는 포기해야만 한다. 그리고 이 장인들이 생활의 어려움을 호소하는 것이 아니라 그들이 만든 작품의 품질 저하를 비통해한다는 사실이 마음을 아프게 한다.

제마아-사리지의 어느 나무조각 장인은 치열한 경쟁에 시달리는 동료 장인들의 어려움을 내게 털어놓았다. "살아남기 위해서는 일을 엉터리로 해야 하죠. 새로운 조각 소재를 찾으려면 이삼일은 걸리는데, 우리가 새 소재를 찾으면 모두 순식간에 가져다가 우리보다 빨리 만들어내니까요."

어쨌든 확실한 것은 가장 전통적이고 아름다우며 즉흥적인 예술이 사라지고 있다는 사실이다. 수공예 창작자들의 생계가 어려워지고 번영을 가능하게 하는 요소 하나가 카빌리에서 사라졌다는 사실도 확실하다. 내가 설문한 모든 장인이 한결같이 요구하는 것은, 중간 상인들로부터 장인을 보호하고 제작된 물품을 품질에 따라 분류해 시장을 관리하는 정부 기구다. 정성 들여 만든 제품이 기계로 급히 생산한 가짜 제품보다 더 잘 팔리는 날, 카빌리의 장인들은 그들의 예술로 되돌아와서 창조에 필요한 인내심과 진정한 예술성을 되찾을 것이다. 예를 들어 국립농산물품질관리청 OFALAC은 무화과의 품질에 등급을 매겼다. 예술도 마찬가지로 보호받아야 하며 사람들에게 삶의 의미를 돌려주는 조치를 취해야 한다는 주장이 지나친 것은 아니라고 생각한다.

고리대금

카빌리 경제의 다른 중심에 고리대금이 있다. 고리대금의 폐해는 정평이 나 있어 아무리 강력히 고발해도 모자라지 않다. 사람들은 고리대금이 카빌리의 골칫거리라고 거듭해서 말했다. 물질적 가난에 쫓기는 카빌리 농부는 고리대금업자에게 특별한 사냥감이다. 사냥감은 상인 혹은 코뮌 공무원일 수도 있다. 희생자가 벼랑 끝으로 몰려갈수록 고리대금의 유혹은 강해진다. 티지-우주 지역에서 농민들은 수확할 올리브를 담보로 씨앗을 샀다. 지난해 올리브 가격은 1퀸틀에 120프랑이었는데도, 이들은 올리브를 1퀸틀당 30프랑에 팔았다. 미슐레 주변 두아르들, 예를 들어 아이트-야히아에서는 이자율이 50퍼센트, 75퍼센트, 심지어 110퍼센트에 달한다! 1천 프랑을 빌려 쓴 대가로 1만 프랑 가치의 땅을 일 년 뒤 압류당했다. 엘-플레에서는 채무자들이 매달 15퍼센트의 이자를 낸다. 아크부Akbou 코뮌의 어느 불쌍한 농부는 구걸을 하며 산다. 빌린 돈 3천 프랑이 3년 사이에 1만 프랑이 되었고, 그는 모든 재산을 팔 수밖에 없었다.

무작위로 선정한 이 예들을 통해, 카빌리에서 고리대금이 자아낸 흉악한 분위기를 짐작할 수 있다. 바로 이 재앙을 막기 위해 대출 은행 그리고 보험회사들의 공동 기금이 만들어졌다. 이들 기구의 기본 원칙은 훌륭하지만 실제 활용에는 아쉬운 점이 많다. 대출 요청은 긴급한 것이 당연한데 그 처리 절차는 길고 까다롭다는 사실을 굳이 강조하지는 않겠다. 그러나 때로 사적 이해가 이 기구들에 유감스러운 방식으로 개입한다는 사실은 밝혀야겠다. 예를 들어, 티지-우주에 조성된 공동 기금이 어떤 필요로 그 지방의 두 대형 은행에 투입되었는지 알 수가 없다. 1백만 프랑에 가까운 금액이 여기에 쓰였다. 아마 원칙에 따라, 두 은행의 채무자인 펠라흐^Fellah[i]의 채무 상환 기간을 연장하고 그 채무를 공동 기금으로 돌렸을 것이다. 그 원칙은 훌륭하다. 하지만 이 거래로 이득을 보는 것은 두 은행이다. 두 은행은 공동 기금보다 이자가 비싼 불량 채권 대신 1백만 프랑 가까운 돈을 즉시 받은 것이다. 위험성 높은 채권은 공동 기금으로 전환되고, 은행들은 우량 채권을 유지했다.

i 원주민 농부를 말한다.

이러한 거래에 집중하고 싶지는

않다. 필요할 경우 다시 언급하겠다. 하지만 악순환이 반복되고 있다는 사실은 지적해야겠다. 펠라흐는 분담금을 내고 그들을 고리대금으로부터 보호해 줄 공동 기금을 조성한다. 그러나 이 공동 기금은 대출과 부조리한 전환 대출이 가능하고, 그 탓에 유일한 장점인 소액 담보 대출은 불가능해진다. 그래서 펠라흐는 고리대금업자나 이자가 비싼 은행에서 대출을 받는다. 공동 기금이 은행의 빚을 떠안고 악순환은 다시 시작된다.

최근 수년 동안 고리대금은 이렇게 카빌리를 좀먹고 가난을 키워 왔다.

제대로 알려져야 하는 물질적 가난에 대한 기술을 오늘로 마친다. 이제 카빌인을 지탱하는 개혁 의지를 여기서 표명하는 일이 남았다. 지금까지 그래 왔듯이 거리낌 없이 냉정하게 표현하겠다. 처절하게 느껴졌던 가난을 묘사하는 데만 몰두했던 것이 아님을 앞으로의 기사에서 증명하고자 한다. 다른 한편으로는, 전례 없는 상황에 대한 고통스러운 이야기를 마무리하기에 앞서, 이 가난이 일깨울 수 있는 동정심을 모아 가난의 수많은 면모를 고찰했기를 바란다. 잊지 말고 늘 염두에 두고 미심쩍은 부분이 있으면 밝혀야 한다. 핵심은 사람들이 굶주림으로 죽고 아이들이 영양실조에 시달린다는 사실이다. 핵심은 시궁창, 낮은 임금, 병든 눈꺼풀과 치료받지 못하는 여인들이다. 숫자와 사건들 위에 피할 수 없는 처참한 현실이 있다. 그 처절함을 관통해야만 미래로 향할 수 있다.

Alger Républicain, 1939. 6. 13.

IX
정치적 미래:
코뮌 제도

alger républicain

La Chambre ignore encore si M. Daladier ne la mettra pas en vacances aujourd'hui. Il est vrai que le Parlement britannique remplace le nôtre depuis plusieurs mois...

AUJOURD'HUI A L'OFFICE
Conseil des ministres

AU PALAIS-BOURBON
Débats sur la réponse électoral et l'amnistie

Le cabinet britannique serait maintenant divisé

quant à l'étendue des engagements que la Grande-Bretagne devrait prendre vis-à-vis de l'U. R. S. S.

M. WILLIAM STRANG est réactionné parti pour Moscou

Aux Communes, M. CHAMBERLAIN déclare ne pouvoir envisager pour l'instant la convocation d'une conférence mondiale

L'EXPLOSION DU THÉÂTRE ROYAL DE MADRID

Un tableau de Watteau "L'Indifférent"
d'une valeur de 3 à 4 millions
a été volé dimanche au musée du Louvre

C'EST LE VOL DE TABLEAU LE PLUS SENSATIONNEL QU'ON AIT EU A DÉPLORER DEPUIS AOÛT 1911 ÉPOQUE OÙ FUT SUBTILISÉE LA JOCONDE, QUI FÉ DEVAIT ÊTRE RETROUVÉE C'DEUX ANS PLUS TARD

Misère de la Kabylie
IX. — L'AVENIR POLITIQUE : LES CENTRES COMMUNAUX

"Quand la démocratie complacera le colilat" — par Albert CAMUS

LE VOYAGE DU GOUVERNEUR GÉNÉRAL EN ORANIE
M. Le Beau a visité hier LA FERME-ÉCOLE d'Aïn-Temouchent

MISÈRE DE LA KABYLIE

NOUVELLES DU MAGHREB

L'achat de quatre cloches de plongée

par commandé par le ministère de la Marine

"카이다caïdat[i]를 민주주의로 대체한다면"

지금부터는 고상한 경제 전문가인 척하지 않고 오직 상식적인 관점에서 카빌리에 기대할 수 있는 정치적, 경제적, 사회적 미래에 대해 논의하고자 한다. 카빌리의 가난에 대해서는 충분히 말했다. 그러나 가난이 명하는 과업은 밝히지 않은 채 가난을 묘사하는 것에만 그쳐서는 안 된다.

나는 또한 실천 방법까지 여기에 제시하고자 한다. 이런 긴급 상황에서는 신속히 행동해야 하며 이상적인 제도나 실현 불가능한 해결책을 상상하는 행위는 부적절하다. 따라서 여기에 소개할 제안 하나하나는 가상의 원리가 아니라 카빌리에서 이미 시도되었거나 실행 중인 경험에 근거할 것이다. 당연히 여기에 지어낸 내용은 아무것도 없다. 최근 어느 훌륭한 연설가가 강조했듯이, 정치에 관해 저작권이란 개념은 존재하지 않는다. 여기서 추구해야 하는 것은 형제 민족의 행복이고, 바로 이것이 우리의 유일한 목표다.

i 카이드를 중심으로 형성된 정치 체제다.

우말루 코뮌

카빌인의 운명을 개선할 수 있는 자는 누구보다도 바로 카빌인 자신이라는 원칙에서 출발해야 한다. 카빌리의 4분의 3은 통합코뮌과 카이다 체제하에 있다. 민주주의와는 막연한 관계가 있을 뿐인 정치 형태는 이미 대단히 많은 비난을 받았으므로, 다시 언급하지는 않겠다. 이러한 조직의 폐습은 모두 알려졌다. 하지만 통합코뮌이라는 틀 안에서도, 카빌인이 행정적 역량을 발휘하는 것이 가능하다.

어떤 입법 위원이 선의에 바탕해 1937년 4월 27일자 시행령으로 알제리의 몇몇 두아르를 코뮌으로 승격시키고, 행정관의 감독하에 원주민이 해당 코뮌을 운영할 수 있도록 하는 계획을 제안했다. 아랍 지역과 카빌리 지역에서 여러 차례 실험이 이루어졌다. 결과가 긍정적이라면 이와 같은 두아르-코뮌은 신속히 확산, 실행되어야 한다. 그런데 훌륭한 실험이 지금 카빌리에서 진행 중이고 나는 그것을 직접 보고 싶었다. 포르-나시오날에서 수킬로미터 떨어진 우말루 두아르는 1938년 1월부터 하즈레스 Hadjrès 주재하에 두아르-코뮌 체계로 운영되고 있다. 그의 호의와 빠른 판단력 덕분에 나는 현장에서 이 두아르의 운영 방식을 살펴보고 그 실적과 관련된 많은 자료를 입수할 수 있었다. 우말루 두아르는 18개의 마을과 1천2백 명의 주민을 관할한다. 두아르의 지리적 중심에 두아르 사무소와 관련 기관들이 설치되었다. 두아르 사무소의 기능은 다른 행정기관과 마찬가지지만, 주민들이 행정절차를 처리하기 위해 멀리 이동할 필요가 없다는 것이 장점이다. 사무소에서는 1938년 5월에만 자그마치 517건의 서류를 발급하였고, 그해에 카빌인 515명의 이민을 도왔다.

카빌리 주민이 선출한 카빌인 의원들로 구성된 작은 관청은 20만 프랑이라는 적은 예산으로 아무 문제 없이 일 년 반째 원주민 공동체를 운영하고 있으며, 공동체에는 어떤 불만도 없다. 카빌인은 처음으로 선출된 의원들에게 복종하는 대신, 그들을 직접 만나 함께 논의하고 업무를 통제하고 있다.

당연한 말이지만 이 개선 사항은 그들에게 소중할 것이다. 그렇기 때문에 이 새로운 실험을 비판할 때는 대단히 조심스러운 태도를 취하게 된다. 내가 보기에는 오직 하즈레스가 제안한 개선 방향만이 적합하다. 사실 현재까지 연기투표제[ii] 선거로 선출된 두아르-코뮌 의원들이 의장을 선정했다. 하지만 두아르에는 아직 카이

ii 투표인이 후보자 명부를 보고 표를 주되, 더 많은 표를 받은 쪽의 명부에서 모든 후보가 선출되는 방식이다.

드가 존재하며 행정관의 감독도 받는다. 이 세 대표자의 역할이 아직 분명히 정의되지 않았으므로, 향후 이를 명확히 하고 제한하는 것이 바람직하다.

한편 두아르-코뮌 실험에 대한 항의가 수차례 있었지만 그에 대해 언급하지는 않겠다. 몇 가지 비판에 대해서는 살펴볼 가치가 있다. 최근 어느 언론에서는 두아르가 인위적인 행정 단위이며, 이해가 대립되는 마을과 분파 들을 두아르-코뮌의 틀 안에 통합하는 것이 위험할 수 있음을 증명하고자 했다. 단도직입적으로 말해 그 내용은 대부분 사실이 아니다. 물론 위험 가능성을 배제할 수는 없다. 하지만 같은 언론 보도에서는 계획된 시험의 혜택을 두아르에서 마을로 돌리고자 했다. 그러한 구상은 온갖 문제점에 부딪히게 된다. 우선 대다수 마을에는 경제적 자원이 전혀 없다. 예를 들어 어떤 마을은 물푸레나무나 무화과나무 한 그루가 공동 자산의 전부다. 또한 카빌리에는 마을이 너무 많기 때문에 마을을 행정 단위로 삼으면 관리가 불가능하다.

지형적, 문화적 통일성에 따라 마을들을 통합해야 하는 문제가 남아 있다는 것은 사실이다. 하지만 통합코뮌의 틀 안에 과거의 분할 구역이 유지될 경우, 피해야만 할 복잡한 행정적 문제들을 초래할 수 있다.

어떤 카빌인의 시각에서 본 모범적인 민주주의의 한 예

따라서 선택된 행정적 틀은 그대로 둔 채 기존 법제를 완화하는 편이 더 바람직해 보인다. 이와 관련해서는 하즈레스가 놀라운 정치적 안목으로 제시한 정치 개선안을 요약하는 것이 가장 좋겠다. 사실 이 계획안의 내용은 두아르-코뮌 제도 안에서 한층 더 완성된 민주주의를 구현하고 그 기반을 일종의 비례대표제에 두자는 것이다. 단순히 이해 충돌을 피하는 것이 문제일 경우, 모든 이해관계자에게 의견 표명 기회를 주면 충분하다는 것이 하즈레스의 의견이다. 그렇게 하기 위해 하즈레스가 제안하는 방식 하나는 지금처럼 선거를 연기 투표제로 치르지 말고, 각 마을에서 그 마을의 대표들을 선출하는 방식이다. 그 대표들이 모여서 의회를 소집하고 그 의회에서 의장을 뽑는다. 이로써 두아르 내의 마을 간 경쟁은 사라지게 된다. 다른 방식은 마을 내 선거를 비례대표제로 치르는 방식이다. 각 마을에서 주민 8백 명당 1명의 대표를 선출하는 것이다. 그러면 마을의 내부적인 대립 또한 해결될 것

이다. 이 방식에 따르면 예를 들어 우말루 제

마la djémaâ[iii]의 의원은 16명에서 20명으로 늘어

난다. 한편 하즈레스는 포르-나시오날 통합코

뮌의 모든 두아르를 코뮌으로 승격하는 안을

구상하고 있다. 모든 자원은 통합코뮌의 단일

예산으로 관리하고 각 두아르의 필요와 주민

수에 맞춰 예산을 분배한다. 그렇게 하면 카빌

리의 중심에 진정 심오한 민주주의 원칙을 바

탕으로 하는 작은 연방 공화국이 실현될 것이

다. 우말루 의회 의장의 이야기를 들으면서,

그의 명석한 통찰력과 정확한 판단력은 많은

우리 정부의 민주주의자에게도 좋은 본보기가

될 수 있겠다는 생각이 들었다. 어쨌든 그의

계획안을 그대로 요약했으니, 우리 행정 당국

이 영감을 얻기를 바랄 뿐이다.

카빌리의 행정 독립

우말루의 실험이 성공했다면 이를 확대하지

않을 이유가 없다. 많은 두아르가 코뮌[iv]으로

승격되기를 기대한다. 예를 들어 미슐레 주변

의 두아르들이 그러한데, 이곳들은 우말루보

다 높은 발전 가능성을 내재하고 있다. 그곳

에는 수입이 막대한 시장들이 있다. iii 두아르-코뮌의 운영위원회를
가리킨다.

행정부가 이 실험을 성공시키려면 iv 두아르-코뮌을 가리킨다.

망겔레Menguellet, 우아시프 두아르들을 코뮌으로 승격시켜야 한다. 통합코뮌은 시장을 확보한 두아르를 두아르-코뮌으로 승격시키는 데 반대하기 십상이다. 시장에서 발생하는 이익(연간 15만 프랑에 달하는 곳도 있음)이 코뮌으로 귀속된다는 명목에서다. 그러나 이 두아르들이 사실상 유일하게 발전 가능한 구역들이다. 가까운 미래에 두아르-코뮌으로 인해 통합코뮌이 무용해질 것을 고려하면, 희생되어야 하는 쪽은 통합코뮌임을 받아들이게 될 것이다.

우아디아의 다른 두아르들을 독립된 코뮌으로 전환하는 일 또한 주저해서는 안 된다. 우아디아의 중심가에는 벌써 1백 명 이상의 프랑스 선거인[v]이 산다. 그리고 전체 세금 10만 프랑 중 시장에서 7만 프랑을 거둬들인다. 그곳에서는 프랑스 시민권을 얻은 카빌인의 투표권 행사를 허가하는 새로운 실험을 할 수도 있다.

미래

아무튼 이 관용적인 정책은 카빌리에 행정 해방으로의 길을 열 것이다. 지금은 이 해방을 진정 원하는 것으로 충분

v 투표권을 얻은 카빌인을 가리킨다.

하다. 해방은 이 불행한 지역의 물질적 부흥과
동시에 진행될 수 있다. 우리는 이 과정에서
실패를 할 만큼 했고 이제는 거기서 얻은 교훈
을 활용할 수 있다. 예를 들어, 원주민의 정치
적 권리를 확장하는 문제에 있어 프랑스의 대
인법[vi]만큼 기만적인 논거는 없다. 하지만 카
빌리의 경우에 이 논거는 우스꽝스러워진다.
카이다와 아랍어 도입을 통해 카빌리를 강제
로 아랍화한 것은 바로 우리이기 때문이다.[vii]
우리가 강요한 일에 대한 대가를 이제 와서 카
빌인에게 치르라는 것은 말이 되지 않는다.

  카빌리 민족은 더 독립적이고 책임감 있는
삶으로 나아가기 위한 준비가 되었다고 확신
한다. 우말루로 돌아오는 날 아침에 하즈레스
와 나눈 대화가 그 증거다. 그날 아침, 우리는
산길을 올라 지평선까지 펼쳐지는 광대한 두
아르를 내려다보았다. 내 친구는 마을들의 이
름을 일일이 나에게 알려 주며 그곳의 삶에 대
해 설명했다. 마을에서는 주민 각자에게 연대
를 의무화하고, 주민이 모든 장례식
에 참석하도록 하기 때문에 빈자의
장례 행렬도 부자의 행렬만큼 사람
이 따른다. 마을에서 가장 엄한 형
벌은 누구의 도움도 받지 못하도
록 추방하거나 격리하는 것이다. 아

Misère de la Kabylle

vi 프랑스는 내부적으로 19세
기부터 알제리의 원주민에게 프
랑스 시민권과 투표권 등을 부여
하는 사안에 대해 오랫동안 논쟁
했다.
vii 카빌리 지역의 원주민은 독
자적인 문화에 대한 자부심이 강
한 편으로 아랍화되는 것을 거부
했다.

침 햇살이 튀어 오르는 장엄한 풍경 앞, 아찔한 구덩이 아래로 나무들은 연기처럼 보였고 태양 아래의 대지는 증기를 내고 있었다. 나는 어떤 끈이 사람과 사람을 하나로 묶는지 그리고 어떤 약속이 사람을 그들의 땅과 하나로 만드는지 이해했다. 나는 삶의 조화를 이루기 위해 그들에게 필요한 건 아주 조금이라는 것 또한 이해했다. 그렇다면 자신들의 삶을 관리하려는 그 욕망, 자신들의 원래 모습을 되찾으려는 그 바람을 어찌 이해하지 못한단 말인가? 그들은 본래 용감하고 책임감 넘치는 사람들이다. 우리는 그들에게서 위엄과 정의라는 교훈을 부끄럼 없이 얻을 수 있을 것이다.

Alger Républicain, 1939. 6. 14.

X
살아남기 위해
카빌리는 요구한다!

alger républicain

Rédaction - Administration - Publicité : 8, rue Koechlin - Tél. : 573.28 - 574.17 - 575, Pces. 326.21 - ALGER — Bureau de publ. : 73, r. Isly-Fry

Les fonctions de président de la Chambre comportent de pénibles obligations

LA CHAMBRE
a inséré dans la loi d'amnistie
des dispositions favorables aux grévistes frappés après le 30 novembre

Hier matin, elle avait continué la discussion de la réforme électorale

Une société pour la défense des réfugiés espagnols séquestrés
se fut de Culture vient de se constituer à Paris

Elle intente une action contre les responsables de cette séquestration et fun service dont sont victimes l'administration républicain

M. CHAMBERLAIN
PARAIT ENCLIN A FAIRE DE NOUVELLES CONCESSIONS A BERLIN ET A ROME

Quant au projet de pacte tripartite
Londres et Moscou semblent également
disposés à rester sur leurs positions

L'action du Japon en Chine devient franchement agressive envers la Grande-Bretagne et la France

M. le Gouverneur général Le Beau en Oranie

Misère de la Kabylie
PAR ALBERT CAMUS

Pour vivre la Kabylie réclame :

1° Des écoles, la vérité et le libéralisme des collèges
2° La suppression par de la production indigène
3° Des mesures compréhensibles : perte récente à l'application, augmentation de l'habitat, réglement matériel de la mesure, etc...

A PARIS

Une artiste de cinéma
Mlle Nadils Moreal
est grièvement brûlée
dans l'incendie d'un studio

Une capitaine de pompiers
est également blessé

DEUXIÈME PAGE

P. 2 - 144.39
L'ASSASSINAT
DU MUFTI KAHOUL

L'histoire d'un crime

Il y a trente-trois mois...

Sa Majesté Si Mohamed ben Youssef
sultan du Maroc est arrivé hier à Marseille

LE SULTAN
SE REND PAR LA ROUTE
AU CHATEAU DE CHAMPS

Misère de la Kabylie

COUR CRIMINELLE

La Gazette de Paraudel

NOUVELLES DU MAGHREB

A CONSTANTINE

COUR D'APPEL

TRIBUNAL CORRECTIONNEL

A BERKADEM

alger républicain

SAN-HO

1. 인간적인 임금과 실업 해결
2. 농산품의 가격 인상
3. 추가적인 조치: 이민 개방,
주거 공간 개선, 직업교육 시설 설립 등

카빌리는 주민이 너무 많고 곡물은 모자란다. 생산량이 소비량에 미치지 못하는 것이다. 노동은 임금이 터무니없이 낮아 수입과 지출의 불균형을 바로잡지 못한다. 이민은 현재 지속적으로 감소하는 추세로, 이민자들이 보내는 노동 이익이 기울어진 저울을 수평으로 만들 수도 없다.

따라서 카빌리에 풍요로운 운명을 돌려주고 주민들을 굶주림에서 벗어나게 해 이 민족에 대한 우리의 의무를 실행하려면 카빌리 경제의 환경을 전부 바꾸어야 한다.

상식적으로 카빌리는 소비가 우선인 지방이라는 걸 알 수 있으므로, 우선 카빌인의 소비력을 높이고 부족한 생산을 노동으로 보충해야 한다. 다른 한편으로는 생산을 가능한 한 늘림으로써 수입량과 자체 생산량의 차이를 줄이는 데 온 힘을 기울여야 한다.

모두를 위해 확실한 정책은 이렇게 두 줄기로 이루어진다. 이 두 가지 노력이 분리되어서는 안 된다. 노동과 생산에 대한 대가를 동시에 끌어올리지 않으면 카빌리의 생활수준을 향상시킬 수 없다. 일당 6프랑은 인류를 향한 모독일 뿐만 아니라 이성에 대한 모독이기도 하다. 카빌리의 낮은 농산품 가격은 공정에 대한 범죄일 뿐만 아니라 상식에 대한 범죄이기도 하다.

여기서 이 조사의 지속적인 주제 몇 가지를 다시 언급하겠다. 높은 실업률과 규제받지 않는 고용인 때문에 노동의 대가가 제대로 지급되지 않고 있다. 그러므로 실업 문제가 사라지고 노동시장에서 경쟁이 철폐되고 임금제도가 재정립되어야만 임금이 다시 정상적인 수준에 맞춰질 것이다.

노동 감독이 카빌리에서 현실화될 때까지, 국가가 가능한 한 많은 노동자를 고용하는 것이 바람직하다. 그러면 노동 감독도 저절로 이루어질 것이다. 마찬가지로 실업 문제도 다음 세 단계를 통해 해결할 수 있다. 대형 공사 정책, 직업교육의 보편화, 이민정책이다.

대형 공사 정책은 알다시피 선동적인 기획에 속한다. 하지만 그러한 기획은 실행을 위해 수립되지 않는다는 것이 선동 정치의 본질이다. 여기서는 그 반대다. 필요성이 없는 나라에서 대형 공사를 시행하는 것은 실제로 예산 낭비다. 그러나 카빌리에서는 도로 및 수자원 공사가 얼마나 절실한가? 대형 공사 정책은 실업 문제를 가장 큰 폭으로 해결하고 임금을 국가 평균 수준으로 끌어올림으로써, 카빌리의 경제적 가치를 상승시킬 것이다. 그리고 그 이익은 언젠가 우리에게 돌아올 것이다.

대형 공사 정책은 벌써 시작되었다. 이 사업을 체계적으로 실행한 포르-게동 코뮌과 베니-엔니 두아르에서는 벌써 그 성과를 체험할 수 있다. 포르-게동에서는 17개의 급수장과 여러 도로가 만들어져 생활이 풍요로워졌다. 베니-엔니는 카빌리에서 가장 부유한 두아르 중 하나이며 인부들의 일당이 22프랑이나 된다.

하지만 가장 크게 비판할 부분은 이 사례들이 특수한 경우라는 사실이다. 많은 예산이 실질적으로 아무 효과도 내지 못하는 자잘한 보조 사업에 쪼개져 투입되고 있다. 재정 의회 délégation financière[i]는 "어디서 예산을 끌어올까?"라는 고민을 정기적으로 반복한다. 그러나 지금 단계에서 할 일은 새로운 예산을 찾는 것이 아니라 승인된 기존 예산을 더 잘 활용하는 것이다.

i   프랑스 지배하의 알제리에서 알제리의 예산을 결정한 지방 의회. 이주 프랑스인 48명과 원주민 21명으로 구성되었다.

약 6억 프랑이 카빌리에 투입되었다. 나는 이미 열흘 동안 그 결과의 두려움을 전하고자 노력했다. 지금 필요한 것은 체계적으로 실현 가능한 전체적이고도 합리적인 계획이다. 하는 척만 하는 혹은 타협을 위한 작은 자선사업, 분산된 지원 같은 정치적 목적의 정책을 우리는 원하지 않는다. 카빌리는 그와는 정반대의 정책을 요구하고 있다. 다시 말해 통찰력 있고 선의에 기초한 정책이다. 여기저기 흩어진 예산, 분할된 보조금, 낭비되는 자선사업 기금을 넓은 안목으로 한데 모아야 한다. 그러한 조건이 갖춰져야 카빌인이 스스로 카빌리를 개발하고, 카빌리 농민들이 유용한 노동에 대해 정당한 대가를 받으며 존엄성을 회복할 수 있다.

우리는 유럽 국가들에 주기 위해 4천억 프랑의 예산을 마련했고, 지금 그 돈은 모두 사라졌다. 그런데 우리가 프랑스인으로 받아들이지도 않은 채 프랑스인을 위해 희생하라고 요구한 사람들의 생활을 개선하기 위해 그것의 100분의 1도 되지 않는 자금조차 마련할 수 없다는 것은 믿기 어렵다.

카빌인의 임금이 낮은 이유는 그들이 법적으로 보호받는 전문 노동 분야에서 일할 수 없기 때문이다. 이 문제에 대한 답은 공업 및 농업 직업교육에서 찾을 수 있다. 카빌리에는 미슐레와 포르-나시오날에 직업학교가 있다. 미슐레의 직업학교에서는 대장일, 목공, 미장일을 가르치며, 여기서 배출된 실력 있는 노동자들 중 일부가 미슐레에 자리를 잡는다. 하지만 그 수가 모두 10여 명에 불과할뿐더러 그 정도 학교 경험으로는 전문성을 살리기에 부족하다.

메시트라Mechtras에는 과수 재배를 가르치는 직업학교도 있다. 하지만 그곳도 2년마다 졸업생 30명을 배출할 뿐이다. 경험을 쌓는 곳이지 학교라고 부르기에는 부적절하다.

이제는 이러한 시도를 보편화해야 한다. 각 지역 중심지에 직업학교를 갖추게 하고, 이름난 손재주와 빠른 이해력을 갖춘 민족에게 기술을 교육해야 한다.

하지만 카빌리의 모든 문제의 핵심은 바로 다음 문장으로 가장 잘 나타낼 수 있다. 전문 노동자를 양성해도 일자리가 없으면 아무 쓸모가 없다는 것이다. 일자리가 지금 프랑스에는 있다. 카빌리에서 이민을 용이하게 하지 않으면 어떤 정책도 소용이 없다.

카빌리의 이민정책을 개선하기 위해서는 첫 단계로 이민 절차를 단순화해야 한다. 그리고 다음 단계로 이민의 방향을 제시해야 한다. 현재는 우선 카빌인의 농업 경험을 살릴 수 있다. 니제르 사무국^{Office du Niger}ⁱⁱ에서 발행하는 구직 공고를 여기서 언급하고 싶지는 않다. 카빌리 농부들이 사익을 좇아 죽을지도 모를 나라로 갈 필요는 없다. 식민 당국은 원한다면 20만 헥타르에 달하는 알제리의 농경지를 그들에게 나눠줄 수 있다.

카빌리에서도 보그니 주변 부-마니^{Bou-Mani} 농장에서 그와 같은 시범 사업이 추진 중이다. 한편 프랑스 남부는 주민이 줄어들어, 수만 명의 이탈리아인이 들어와 우리 프랑스 땅을 차지하게 두어야 했다.

오늘날 그 이탈리아인들은 떠나갔다. 카빌인이 그 지역을 차지하지 못할 아무런 이유가 없다. 이렇게 말하는 이들도 있다. "카빌인은 자기들 산에 애착이 너무 강해서 절대로 그곳을 떠나지 않을 텐데." 그들에게 우선 답하겠다. 벌써 5만 명의 카빌인이 자신이 살던 곳을 떠나 프랑스에서 살고 있다고. 이어서 어느 카빌인 농부의 답을 전한다. 그는 내가 같은 질문을 하자 이렇게 답했다. "당신은 우리가 먹을 게 없다는 사실을 잊고 있어요. 선택의 여지가 없습니다."

그 말에 사람들은 또 이렇게 대꾸할 것이다. "카빌인은 이민 간 곳의

ii 말리에 설립된 정부 합작 기구로, 이곳의 노동환경은 비인간적인 것으로 악명이 높았다.

Misère de la Kabylie

112

땅을 버리고 고향으로 돌아올 거예요." 그럴
지도 모른다. 하지만 카빌리 이민 세대는 이어
지고 있으며, 땅을 소유한 이는 젊은 세대에게
그 땅을 팔고 난 뒤에야 그곳을 떠날 것이다.

이민을 활성화하는 조치들은 카빌인의 노동
이 제값을 받게 하는 데 유용할 것이다. 현재
확보된 예산이면 이 사업을 충분히 시작할 수
있다고 나는 거듭 강조한다. 이 사업의 생산
성이 높아질 때 사업은 자연스럽게 확장될 것
이다. 그러나 그와 같은 정책의 이익이 효과를
거두려면 농산물 가격 인상이 동시에 뒤따라
야 한다.

농산물 가격 인상

여기서도 상식에 따라 건설적인 정책의 기본
요소들을 떠올리면 된다. 몇몇 부차적인 곡물
을 제외하면 카빌리의 주요 산물은 무엇보다
과실이다. 주어진 자연환경을 바꾸기는 어려
우므로 그 안에서 최대한 생산을 증가시켜 소
비와 균형을 맞추어야 한다.

반드시 그렇다고 할 수는 없지만, 생산 이익
을 높이는 방법에는 세 가지가 있다. 첫째는
양을 늘리는 것, 둘째는 질을 향상시키는 것,
셋째는 판매가를 안정시키는 것이다. 둘째와

셋째 방법은 대체로 연관되어 있다. 또한 세 방법 모두 카빌리에 적용 가능하다.

과수 재배 확대와 관련해서는 카빌리의 주요 과수, 즉 무화과나무와 올리브 재배를 확대하는 한편 추가적으로 체리나무와 구주콩나무[iii] 등의 조림造林이 필요하다. 이 두 측면의 조림 정책은 포르-게동 코뮌에서 이미 추진되고 있으며 좋은 교육적 사례로 평가받고 있다.

1938년 포르-게동 코뮌에서는 1천 개의 새로운 삽목에 힘을 쏟았다. 올해는 1만~1만5천 그루를 심을 예정이며, 이 사업은 특별예산 없이 추진되었다. 원주민 공제조합Société indigène de prévoyance의 공동 기금으로 삽목 비용을 보증했고, 삽목묘는 펠라흐에게 원하는 만큼 배부되었다. 그전에 코뮌의 시험 채소밭에서 품질과 수확량을 시험할 수 있었다.

2년생 삽목 무화과나무의 경우 심은 뒤 5년이 지나야 생산이 가능하므로, 펠라흐는 5년 동안 삽목이라는 최소 자본에 대한 이자만 내면 된다. 이 이자는 단 4퍼센트이고, 5년 뒤에 무화과나무가 생산을 하게 되면 카빌리 농부는 그로부터 다시 5년 안에 자본을 회수할 수 있다.

수확량을 계산해 볼 때, 15그루 중에 5그루만 살아남는다고 해도

iii 지중해 지역이 원산지인 콩과의 상록 관목이다.

(이 추정치는 매우 비현실적이지만) 펠라흐에게는 여전히 훌륭한 사업이다. 그리고 이 사업의 성공에는 사실상 국비가 거의 들지 않는다. 더는 말이 필요 없다. 이 실험을 끈기 있게 실시해야 하며, 그 성과는 즉시 나타날 것이다.

농산물의 품질 개선 및 판매 가격 인상과 관련해서는 할 일이 많다. 본질적인 방법 두 가지만 언급하겠다. 건무화과의 품질 향상을 위한 건조장의 개선과 올리브유 생산자 협동조합의 개설이다. 카빌리의 전통 방식으로는 수확량을 늘릴 수 없는 것이 확실하다. 올리브 가지를 과도하게 치고, 접목은 체계적이지 못하다. 무화과를 건조하는 나무 발을 지붕 위나 구주콩나무 밑에 두는데, 구주콩나무에는 좀 같은 해충을 전염시키는 기생충이 살고 있어 무화과에 해를 끼칠 수 있다. 이 모든 요소가 농산물의 품질 향상을 가로막고 있다.

이런 이유로 많은 코뮌에서 새로운 건조 시설을 시험했다. 그중 아자즈가와 시디-아이시 지역에서의 시험이 가장 성공적이다. 아자즈가에서는 원주민 공제조합의 기술자들이 적용한 합리적인 방법 덕분에 첫해에 120퍼센트, 다음 해에는 80퍼센트의 가격 상승이 이루어졌다. 시디-아이시에서는 새로운 건조 시설에서 말린 무화과가 퀸틀당 평균 260프랑에 팔렸다. 전통적인 방식으로 밀린 무화과는 190프랑에 팔린다. 새로운 건조 시설을 이용한 건무화과 생산자 수와 전체 판매액을 보면, 아자즈가에서 120명의 펠라흐가 무화과를 팔아 18만 프랑의 수익을 냈다. 그 결과, 처음에는 저항이 있었지만 결국엔 다수의 펠라흐가 이 혁신적 방안을 받아들였다. 틈다^{Temda}에는 사설 협동조합이 생길 예정이며, 생산자들이 직접 조합을 운영할 것이다. 이런 방식이 바로 카빌리의 미래가 될 것이다.

올리브유 착유 협동조합 설립에는 더 많은 장애물이 존재한다. 평지의 콜롱들은 비싼 올리브유가 아니라 싼 올리브를 사고자 하므로 협동조합 건립에 반대한다. 공무원들은 그들 때문에 문제를 해결할 수 없다. 한편, 중개업자와 경매업자도 자신들의 영향력에 마침표를 찍을 이 혁신을 곱게 보지 않는다. 그런데 카빌인은 대출이 필요하다. 그는 중개업자들에게 농산물을 선매하고 대출을 받는다. 하지만 이 문제는 중개업자 대신 금융기관의 자금을 착유 협동조합과 연결함으로써 해결할 수 있다. 이제 제기될 수 있는 마지막 반대 논거는 카빌리 농부의 사고방식으로 보아 농부는 결국 중개인에게 도움을 구하리라는 주장이다. 하지만 이 주장은 모든 혁신에 제동을 거는 데 쓰이며 방어의 여지가 없었다.

불행한 사실은 카빌리 농부가 전통 재배 방식으로는 올리브를 2년에 한 번밖에 수확할 수 없다는 것이다. 이 관점에서 합리적 체제가 설립되어야 한다. 그러면 생산량은 거의 두 배가 될 것이 확실하다. 한편 현재 유럽 착유업자들의 작업 실정을 고려하면 품질은 향상될 수밖에 없을 것이다. 그들은 생산량을 높이는 방식으로 착유하기 때문에 기름의 산도가 항상 1.5~2도보다 높아 언제나 불쾌한 맛을 낸다.

추가 조치

이 모든 정책은 결국 세부적인 문제들과 관련해 추가적인 조치가 필요할 것이다. 예를 들면 주거 환경은 루쇠르Loucheur 법이 규정한 형태로 구축할 수 있다. 관련자들은 땅을 대거나 (카빌리에서는 거의 누구나 얼마간의 땅을 소유하고 있기 때문) 노동력 또는 기구를 제공하면 된다. 또한 유럽계 주민과 원주민 사이의 코뮌 수입 분배를 재검토하고, 유럽계 주민에게 꼭 필요한 희생을 요구해야 마땅할 것이다.

이렇게 함으로써 카빌리에 진정한 본모습을 되돌려 주는 정책이 완성될 것이다. 그때 비로소 카빌리의 처참한 가난은 막을 내리고 보상을 받게 될 것이다. 이 모든 과정에 예산이 필요하다는 것을 잘 안다. 그러나 다시 말하지만 이미 확정된 예산을 더 잘 활용하는 일부터 시작해 보자. 결국 우리에게 부족한 것은 예산이 아니라 지속적인 노력일 수도 있다. 용기와 지혜 없이 큰 꿈은 이루어지지 않는다. 이 정책을 성공적으로 수행하려면 가끔씩 의지를 내는 것으로는 충분하지 않다. 항상 그것을 바라고 그것만 바라야 한다. 나는 자주 반박하는 말을 듣는다. "식민 당국과 콜롱이 돈을 내야 할 이유는 없다." 나는 이 말에 십분 동의한다. 콜롱이 이 정책을 시행해 주기를 기다리지 말자. 그들은 원하지 않을 수도 있다. 하지만 그 노력을 본국 프랑스가 한다고 하면 우리는 얼마든지 찬성한다. 알제리를 프랑스로부터 분리하려는 체제는 우리 국민에게 불행을 초래할 것이 분명하기 때문이다. 서로의 이해를 구별하기 어려워지는 날, 그날에 마음과 생각도 지체 없이 하나가 되리라고 확신할 수 있다.

Alger Républicain, 1939. 6. 15.

XI
결론

alger républicain

5ᵉ Année - N° 252 - Jeudi 15 Juin 1939

Rédaction - Administration - Publicité : 9, rue Koechlin - Tél. : 571-39 - 574-11 - Ch. Post. 232-22 - ALGER — Bureaux de publ. : 13, r. Jules-Ferry

LE REICH dément
avoir concentré des troupes
à la frontière polono-slovaque

(Lire nos informations en 3ᵉ page)

**Les représentants
de la gauche
à la commission des Finances
présentent
un questionnaire serré
à M. Paul Reynaud**

*Le discours de M. Herriot
au jubilé politique de M. Flandin
a été fort commenté*

Le blocus
des concessions
anglaise et française
à Tien-Tsin
a commencé

La jetée
Pierre-Henry Watier
et la nouvelle
halle aux poissons
ont été inaugurées hier

en présence
de M. le Gouverneur général Le Beau

L'histoire
d'un crime (II)

La nouvelle halle aux poissons

Misère de la Kabylie

CONCLUSION
par Albert CAMUS

MISS ALGER 1939

이제 나는 조사를 마치려 한다. 이 조사는 오직 카빌리 민족의 이익을 위해 이루어졌으며, 반드시 그것을 위해 쓰이길 바란다. 카빌리의 비참한 가난, 그 원인과 해결책에 대해서는 더할 말이 없다. 나는 거기서 멈추고 그 자체로 충분한 사실들의 총합에 불필요한 말을 더하지 않는 편이 낫다고 생각했다. 그렇게 처참한 가난에 대해 말하지 않는 편이 더 나을 수도 있었지만, 엄연히 존재하는 가난은 우리가 말하지 않을 수 없게 했다. 같은 이유로, 너무나 빈약한 비판 몇 가지를 해결하지 않고 조사를 마무리한다면 조사의 목적을 달성하지 못하게 될 것이다.

돌려 말하지 않겠다. 요즘에는 프랑스 어느 지역의 가난을 폭로하면 나쁜 프랑스인으로 여겨지는 듯하다. 오늘날 좋은 프랑스인이 되는 법을 배우기는 어렵다고 해야겠다. 수많은 온갖 사람이 스스로를 좋은 프랑스인이라고 뽐낸다. 하지만 보잘것없고 탐욕스러운 많은 사람이 스스로가 그런 줄 착각하고 있다. 그러나 적어도 '정의로운 사람'이 어떤 사람인지는 알 수 있다. 나의 주관적인 생각에, 프랑스를 가장 정확히 상징하고 옹호하는 것은 정의로운 행위다.

사람들은 "조심하세요. 이방인들이 그걸 이용할 테니까"라고 말한다. 하지만 그것을 이용하려고 했던 자들은 이미 모두가 보는 앞에서 그 뻔뻔함과 잔인함을 심판받았다. 프랑스를 그들로부터 지키는 데 필요한 것은 대포뿐만 아니라, 우리의 생각을 표현하고 각자가 조금씩이라도 불의를 바로잡는 데 기여할 자유다.

더구나 내 역할은 가공의 책임자를 찾는 것이 아니다. 비난하는 사람이 되고 싶지 않다. 내가 그러고 싶다고 한들 많은 장애물이 나를 가로막을 것이다. 카빌리의 비참한 가난에 경제 불황이 큰 영향을 미쳤다는 사실을 너무나도 잘 알기에 누군가에게 부당하게 그 책임을 떠넘길 수는 없다. 하지만 주도적인 관용 정책들이 얼마나 많은 저항을 마주하는지 나는 무척 잘 안다. 아무리 높은 윗선에서 시작된 정책이라도 때로는 그렇다. 끝으로 원래의 선한 의도가 실행 과정에서 어떻게 변질될 수 있는지도 아주 잘 안다.

내가 말하려던 바는, 우리가 카빌리를 위해 무언가를 하려 했고 무언가를 했더라도, 그 시도는 문제의 아주 작은 부분들을 건드렸을 뿐이며 문제 전체는 그대로 남아 있다는 것이다. 이번 조사는 특정한 당을 위한 것이 아니라 모든 사람을 위한 것이다. 조사를 통해서 내가 전하려 했던, 그리고 독자가 깨달아야 할 메시지는 "당신들이 카빌리에 무엇을 했는지 보세요"가 아니라 "당신들이 카빌리에 무엇을 하지 않았는지 보세요"다.

자선사업, 소극적인 시도, 선의의 바람, 형식적인 언행이 과연 굶주림과 진창, 고독과 절망 앞에서 충분한 것인지 보라는 말이다. 거짓말처럼 기적이 일어나, 프랑스 국회의원 6백 명이 내가 겪은 절망의 행로를 똑같이 따라가 볼 수 있다면 카빌리의 상황은 한 걸음 크게 전진할 것이다. 문제를 정치적인 시각에서 인간적인 시각으로 바라보게 될 때 항상 발전은 이루어진다. 지금 우리의 성과는 보잘것없다. 그러나 현실적이고 계획적인 정책이 실행되어 이 가난이 덜어진다면, 카빌리 또한 삶의 길에 다시 접어든다면, 우리는 그 성과에 처음으로 찬사를 보낼 수 있을 것이다.

나는 내가 둘러보고 온 그 고장으로 결국 다시 돌아갈 수밖에 없다. 바로 그곳에서, 오직 그곳에서만 결론을 얻을 수 있다. 비할 데 없이 아름다운 자연 한가운데에서 견딜 수 없는 광경에 괴로워했던 긴 나날 중에, 다시 내 머릿속에 떠오르는 것은 절망했던 시간뿐 아니라 내가 이 고장과 이곳 사람들을 깊이 이해한다는 느낌을 받았던 저녁 시간이기 때문이다.

그날도 그런 저녁이었다. 우리 여럿은 쿠쿠 사원Zaouia de Koukou[i] 앞, 잿빛 묘석이 늘어선 묘지를 거닐며 밤이 계곡 사이로 흘러내리는 모습을 지켜보고 있었다. 낮과 밤 사이에 걸친 이 시간, 나는 자신을 되찾기 위해 이곳에 피신한 이들과 아무 차이도 느끼지 못했다. 그러나 몇 시간 후에 나는 그 차이를 느낄 수밖에 없었다. 모두가 저녁을 먹기로 되어 있는 시간에.

그렇다. 바로 그 지점에서 나는 이 조사의 의미를 발견했다. 식민 정복을 정당화할 구실을 하나라도 댈 수 있는 것은 최소한 정복당한 민족이 정체성을 지키도록 도왔을 때이기 때문이다. 만약 우리가 이 나라에서 행해야 할 의무가 있다면 세상에서 가장 위엄 있고 인간다운 민족에 속하는 이 사람들이 그들 자신과 그들의 미래에 충실히 살아갈 수 있도록 하는 것이다.

카빌인은 일하고 깊이 생각하면서, 불안한 정복자인 우리에게 지혜라는 교훈을 줄 것이다. 나는 이것이 그들의 운명임을 확신한다. 이 광기, 부족한 자들에게 너무나도 자연스러운 이 권력욕에 대해 최소

i 16세기 카빌리 티지-우주에 쿠쿠 왕국이 세워진 역사가 있다.

한 용서를 비는 법을 배우자. 더 현명한 민족
의 부담과 생활을 우리가 짊어져서, 그들이 심
오한 위대함을 온전히 찾을 수 있도록.

XI. Conclusion

옮긴이의 말

잊히지 않을 존재

코로나 바이러스가 우리를 습격했고, 고전문학 전집에 먼지와 함께 잠들어 있던 소설 《페스트》가 요란스럽게 소환되었다. 전염병으로 인해 도시가 격리된다는 설정 자체부터 이 소설의 배경은 코로나 상황과 유사했고, 사람들은 알베르 카뮈가 묘사한 소설 속 인물에서 코로나에 우왕좌왕하는 현대인의 모습을 확인했다. 사람들은 잠시 잊혔던 카뮈에 환호했다.

프랑스 본토가 아닌 프랑스령 알제리, 보다 정확히는 가난한 이들이 모여 사는 벨쿠르Belcourt에서 1913년 카뮈가 태어났다. 그런 곳에서 프랑스 문단에 알려질 작가가 탄생하기는 매우 어려운 일이었다. 그는 어릴 적 아버지를 잃었고 어머니는 문맹에 언어장애인이었기 때문이다. 다행스럽게도 그의 스승은 우리에게도 잘 알려진 작가 장 그르니에Jean Grenier였다. 대학 시험을 앞둔 카뮈는 그르니에에게 자신이 책을 쓸 수 있다고 생각하는지 물었고, 스승은 제자에게 문예지를 발간하도록 도움을 주었다. 1932년 문예지 《쉬드Sud》(Sud는 프랑스어로 남쪽이라는 의미인데, 알제리는 프랑스의 '남쪽'에 위치한다)에 카뮈의 글이 실리기 시작했고, 그르니에가 카뮈의 글을 동료 작가

막스 자코브^{Max Jacob} 등에게 소개하면서 카뮈는 프랑스 문단과 연결되었다. 그의 글이 사람들에게 알려질 수 있는 기반을 갖추게 된 것이다.

그로부터 10년 후인 1942년, 20대 후반의 작가 카뮈는 첫 소설《이방인》을 발표하면서 일약 세계적 작가의 반열에 오른다. 어머니의 사망 소식을 접한 주인공 뫼르소가 여자 친구 마리와 해수욕을 즐기고, 밤에는 그녀와 정사를 나눈다는 소설의 충격적인 줄거리에서 사람들은 실존의 문제에 주목했다. 정작 카뮈 자신은 실존주의자로 불리는 것을 달가워하지 않았는데, 그는 실존보다는 부조리와 그것에 대한 반항을 말하고 싶어 했기 때문이었다.

1947년 소설《페스트》가 출간되면서 카뮈는 문학적 성공은 물론 상업적인 성공을 거두게 된다. 당시 프랑스 사람들은 소설 속의 페스트가 도시를 지배한다는 설정을 독일이 프랑스를 점령한 상황으로 바꿔 생각했는데, 1940년 독일이 파리를 침공해 이후 4년간 주둔했던 일은 프랑스인에게 충격적인 사건이었기 때문이다. 이후 장 폴 사르트르와 카뮈가 논쟁을 벌이는 시기까지 카뮈는 대중에게 여전한 사랑을 받는 작가였다.

소설《이방인》이 출간된 지 10년 후인 1952년, 카뮈의 철학서《반항하는 인간》에 대한 사르트르 측의 비판으로 '카뮈-사르트르 논쟁'이 시작된다. 빈정거리는 제목으로 자신을 비난했다는 카뮈의 서한에 사르트르는 결별 선언을 하면서 응대하는데, 사람들은 그 논쟁에서 카뮈가 패배한 것으로 결론지었다. 사르트르는 알제리 문제가 알제리 독립 이외에는 다른 해결책이 없다고 생각했다. 프랑스 연방제를 주장한 카뮈의 주장이 다수의 사람을 설득할 만한 힘을 가지지 못했던 것도 카뮈에게 불리하게 작용했다.

사르트르와의 결별 이후 카뮈는 의기소침해졌고 프랑스 지식인 사회와도 거리를 두게 되었다. 1957년 그가 노벨문학상을 받게 되면서 잠시 잊힌 카뮈의 이름이 사람들의 입에서 오르내리게 됐지만, 카뮈는 그 전부터 지속되던 불안 증세에서 벗어나지 못한다. 소설 《최초의 인간》을 집필하는 데 몰두하던 그는 1960년 불의의 교통사고로 세상을 떠났고, 2년 후 그의 영원한 고향 알제리는 독립을 맞는다.

생텍쥐페리의 소설 《어린 왕자》에 이어 갈리마르 출판사에서 출간된 책 중 두 번째로 많이 팔린 소설 《이방인》은 21세기에 이르러서도 여전한 인기를 구가한다. 하지만 1, 2차 세계대전과 냉전의 고통이 휩쓸던 20세기에 비해 오늘날 카뮈의 인기는 다소 시들었다. 우리나라만 하더라도 현재 다수의 대학생에게는 카뮈는 들어보지 못한 이름이 되었고 그렇게 잊히는 듯했다.

코로나 바이러스가 카뮈를 다시 불러냈지만, 바이러스가 종식되면 다시 카뮈는 잊힌 작가가 될지 모른다. 하지만 나는 미래의 어느 시점에 이르러 그가 다시 독자에게 돌아오리라 생각한다. 정의, 휴머니즘, 세상의 부조리, 부조리에 대한 반항 등 카뮈가 다룬 다양한 주제는 인간이 삶을 지속하는 한 계속 반복될 것이고, 어느 순간 사람들은 카뮈가 설명하는 세계의 모습에 귀 기울이고 싶어 할 것이기 때문이다. 그가 소설 《페스트》의 말미에 페스트는 완전히 사라지지 않고 언젠가 다시 돌아온다고 말했듯이 그 또한 다시 돌아와 사람들에게 잊히지 않는 존재가 될 것이다.

제대로 알려지지 않은 인물

소설《페스트》를 통해 카뮈가 현실을 사실적으로 그려낸 작가라는 점이 부각되었다. 그전까지 그는 국내 대중에게 주로 실존과 부조리라는 키워드로 해석되는 작가였다. 소설《페스트》는 물론《이방인》조차 공간, 인물, 소재 등 많은 요소에 있어 사실적인 부분이 많으나 이 점은 제대로 알려지지 않았다. 카뮈는 언제나 현실을 바라봤고 현실을 말해왔는데도.

소설《이방인》의 주요 배경 중 하나인 양로원 건물은 실제 알제리 티파자Tipaza 인근에 여전히 존재한다. 그뿐만 아니다. 마을 옆으로 펼쳐진 들판까지 카뮈가 묘사한 풍경과 크게 달라지지 않았다. 들판에서 나는 주인공 뫼르소 어머니의 상여를 운구하는 사람들 무리를 상상하는 게 어렵지 않았다.

그가 사실주의 작가로 알려지지 않은 데는 알제리에 대한 우리의 무지가 크게 작용했을 것이다. 국내에 현대 알제리를 제대로 소개하는 책자조차 부족한 판에 20세기 초의 프랑스령 알제리를 우리가 쉽게 상상하기란 어려운 일이다. 그가 피에 누아르Pied noir(프랑스령 북아프리카 식민지에서 생활하는 프랑스인이다)라는 점을 당시 프랑스 본토 사람조차도 제대로 이해하지 못한 경우가 많았는데, 하물며 외국인인 우리가 그의 배경을 제대로 이해하는 일은 얼마나 어려울까.

지식인들 사이에는 여전히 카뮈를 프랑스 본토의 시각에서 이해하려는 이가 존재한다. 그들은 프랑스 문단의 유명인인 카뮈를 그들이 한정하는 세계에 편입시키려고 한다. 그러나 카뮈는 알제리를 통해 먼저 이해되어야 하는 인물이다. 그는 파리 생활을 힘겨워했고 그럴 때마다 고향인 알제리행 비행기에 몸을 실었다. 이 점만 봐도 그가 얼마나 꾸준히 알제리를 생각했는지 알 수 있다.

카뮈는 사람들이 알제리를 제대로 이해할 수 없다는 점을 이미 알고 있었다. 사람들이 알제리에 기대한 바와 달리, 알제리는 그 기대에 부응하지 않을 것이라 카뮈는 말한 적이 있기 때문이다. 알제리에서 나고 자란 그는 단순한 호기심으로만 알제리를 대하는 이들을 경계했다.

19세기 후반부터 스페인, 이탈리아, 몰타 등 다양한 유럽 국가 사람들이 알제리로 와서 프랑스 국적을 취득하고 프랑스인이 되었다. 카뮈의 어머니만 해도 스페인 혈통을 가졌다. 당시 유럽 정착민 일부는 포도밭 등을 가진 대농장 지주가 되었고, 다른 일부는 알제항에서 하역을 하거나 술통을 만드는 등 노동자(카뮈 외삼촌의 직업)가 되기도 했다. 사회적으로 빈민층 노동자가 사는 지역에 살았던 카뮈에게 가난은 친숙한 것이었으나, 당시 프랑스 본토인에게 있어서 북아프리카에 정착한 프랑스인의 이미지는 대농장 지주였다. 또한 그들은 알제리에서 오래전부터 역사를 이루고 살던 원주민의 존재를 굳이 떠올리려고 하지 않았다.

하지만 카뮈는 알제리 인구의 다수를 차지하는 원주민의 존재를 어릴 적부터 인지하고 있었다. 다른 유럽인 동네와 달리 가난했던 그의 동네에는 유럽인 이외에도 다수의 아랍인과 베르베르인(북아프리카 원주민이며 카빌인은 베르베르인의 일부다)

이 살고 있었다. 예민한 감각을 가진 카뮈는 그들의 문화를 직 간접적으로 경험하며 그들을 이해하려고 노력했다. 알제^{Alger}에서 그가 문화의 집을 창설할 때 선언문에 '지중해적이고 토착적인 문화에 이바지하는 것이 목적'이라는 문구를 넣은 것만 봐도 카뮈가 토착 문화에 대단히 큰 관심을 가졌고, 프랑스 문화와 토착 문화를 함께 아우르려고 했음을 알 수 있다.

세계적으로 수천만 부가 팔린 소설《이방인》에 등장하는 '아랍인'이란 단어로 인해 그는 여러 오해에 시달려야만 했다. 카뮈가 이슬람 문화와 아랍인에 무지하다는 주장인데, 그가 이슬람 단체 및 친구들과 오랫동안 교류했다는 점은 그 주장이 오해임을 확인해준다. 그가 알제리 원주민이 곧 아랍인이라는 대중의 인식을 강화하는 데 일조한 것은 사실이다. 하지만 아랍인보다 앞서 알제리 땅에 정착한 베르베르인의 존재에도 그가 큰 관심을 두고 있었다는 점은 이 책《카빌리의 비참》을 통해 확인할 수 있다.

기자로서의 카뮈

작가로서의 카뮈는 그의 소설들을 통해서 세상에 널리 알려졌다. 소설 외에도 인상적인 철학서, 연극, 에세이 등을 남겼지만 그 작품들은 소설에 비해 상대적으로 주목받지 못했다. 하지만 다방면에 뛰어난 이 작가를 소설이라는 프레임으로만 바라보는 것은 바람직하다고 말할 수 없다.

나는 소설이 아닌 에세이《결혼 여름》을 통해 카뮈를 처음으로 좋아하게 되었다. 특히 그의 풍부한 감성과 머릿속에 연상을 불러일으키는 구체적인 표현력에 열광했다. 내가 살던 알제리의 풍경을 나는 그저 감탄할 줄만 알고 제대로 표현할 방법이 없었다. 반면 그는 그 풍경이 왜 아름다운지 친절하게 설명해 주었다.

1939년 초, '제밀라로 가는 길은 멀다'라는 문장으로 기억되는 〈제밀라의 바람〉, 도시 알제를 묘사한 〈알제의 여름〉 등과 같은 에세이를 발표한 카뮈는 같은 해에 기자로서 〈카빌리의 비참〉이라는 제목의 르포를 연재한다. 알제리의 아름다운 풍경을 묘사하던 26세의 젊은 카뮈가 풍경 대신 알제리의 비참한 현실에 대해서 펜을 든 것이다. 에세이에 드러난 그의 자연에 대한 찬탄은 고작 늦봄 새벽녘 카빌리 산기슭에 피어난 개양귀비꽃, 해질녘 하늘 정도만 잠시 묘사하는 것에 그친다. 기사 대부분은 카빌리의 빈곤한 현실에 대해 말하는 데 여념이 없다.

당시 카뮈는 《알제 레퓌블리캥Alger Républicain》(1938년에 창간된 진보 성향의 프랑스 일간지)의 기자로 일하고 있었고, 자신의 이름을 건 기사를 11차례에 걸쳐 실었다. 이 기사는 프랑스에서 1958년 〈시사평론 3Actuelles III〉이라는 이름으로 새로 소개되었지만, 국내에서는 아직 소개된 바 없다. 그렇기에 우리는 그의 약력에서 기자라는 단어를 발견할 뿐, 그의 기자 활동에 대해서는 잘 알 수가 없었다.

그의 삶과 글쓰기가 '반항'이라는 키워드로도 설명되듯, 이 르포에서도 그의 반항과 비판 정신을 찾아볼 수 있다. 당시 프랑스는 주류(아랍-이슬람교)와 비주류(카빌리)를 의도적으로 분리하는 식민정책을 통해 아랍-이슬람교 원주민을 효과적으로 통제하려고 했다. 프랑스어로 된 기존 주요 신문은 프랑스 정부가 선전하는 이 식민정책을 옹호했다. 예를 들어 1938년 12월 《에코 달제L'Echo d'Alger》는 '카빌리 상부의 사진 몇 장'이라는 기사를 출간한다. 반면 카뮈는 그 시각을 조목조목 반박한다. 기자가 된 지 1년이 채 되지 않은 그의 주장은 다소 직선적이고 강한 어조로 르포에 표현되었다.

그는 생애 전반에 걸쳐 강자보다는 약자에 관심을 보였다. 이 글에서도 한 인간으로서 카뮈가 직접 느낀 카빌리의 비참한 현실을 식민정책의 피해자 입장에서 최대한 바라보려는 그의 의도를 읽어낼 수 있다.

> "식민 정복을 정당화할 구실을 하나라도 댈 수 있는 것은 최소한 정복당한 민족이 정체성을 지키도록 도왔을 때이기 때문이다."
> (124쪽)

알제리 원주민의 입장을 '최대한 견지하려고 했다'고 말하는 이유는 그가 기본적으로 프랑스인인 데다 프랑스인의 시각에서 완전히 벗어나지 못했기 때문이다. 이를테면 그가 글에서 말하는 '우리'가 '프랑스인'으로 해석된다는 점에서도 그렇다. 그럼에도 프랑스인으로서 그가 카빌리의 약자 입장에서 비참한 현실을 생생하게 전달하고자 했던 점은 높이 평가해야 한다. 당시 프랑스 주류 사회에서 쉽게 받아들일 수 없는, 다시 말해 그가 알제리 식민 역사의 민감한 부분에 대해 언론인으로서 날카로운 증언을 했다는 점을 우리는 기억해야만 한다. 당시 다수의 지식인이 알제리 상황에 침묵했는데, 그 침묵은 곧 불평등을 인정하는 것이었기 때문이다.

식민 체제 내에서 피식민지인의 입장을 이해하려 했던 카뮈의 복잡한 상황은 그의 문학적 주제에 영향을 끼쳤을 것이다. 아름다운 풍경 속에서 갑작스레 드러나는 가난의 비참한 모습이 그가 천착하던 '부조리'가 아니고 무엇이겠는가.

"아침 햇살이 튀어 오르는 장엄한 풍경 앞, 아찔한 구덩이 아래로 나무들은 연기처럼 보였고 태양 아래의 대지는 증기를 내고 있었다. 나는 어떤 끈이 사람과 사람을 하나로 묶는지 그리고 어떤 약속이 사람을 그들의 땅과 하나로 만드는지 이해했다."(103쪽)

이 책을 통해 카뮈를 둘러싼 오해의 근원지인 알제리와 오래전 알제리에 정착한 카빌리 지역 사람들에 대한 카뮈의 시각을 바라봐주길 희망한다. 또한 그가 얼마나 가슴 따스한 휴머니스트인지를 알아주었으면 한다. 1939년 6월에 연재를 마친 그가 바로 다음 달인 7월 크리스티안 갈랭도Christiane Galindo에게 소설 《이방인》의 집필을 곧 시작할 것이라는 편지를 보냈는데, 그가 카빌리에서 겪은 경험이 소설 《이방인》에 어떤 영향을 끼쳤을지 상상해보는 일은 독자들의 몫일 것이다.

1939년 알제리의 시대적 상황을 이해하는 일에서부터 당시의 지명(카뮈는 몇몇 지명을 잘못 표기했다)을 찾아내는 데까지 번역의 어려움이 많았다. 이러한 어려움은 따뜻한 마음으로 도움을 준 알제리 친구들이 있어 극복할 수 있었다. 미숙한 번역으로 인해 편집의 어려움이 많았을 편집자와 우리를 항상 믿어준 출판사에 감사 인사를 전한다.

ps. 이 책에 나오는 '개양귀비로 이루어진 구름'이라는 카뮈의 표현을 이해하고 싶다면 언젠가 카빌리에 가보길 권한다. 개양귀비의 붉은 꽃이 구름처럼 군락을 이루고 있는 모습은 북아프리카의 주요 경관이다.

해제

부조리한 세계에 대한 한 청년 지식인의 외침

우리가 좋아하는 작가가 작가가 되어가는 과정을 엿보는 것은 가슴 설레는 일이다. 알베르 카뮈 작품의 애독자와 연구자는 시대를 뛰어넘어 새로운 상황 속에서 그의 작품들을 다시 만나는 기이한 현상을 경험하게 된다. 이것은 분명 카뮈가 단순히 운이 좋은 작가이기에 앞서, 작가가 전달하는 전언이 시대마다 대화의 창구를 여는 보편적인 가치를 지니고 있기 때문일 것이다. 많은 고전 작품이 그러하듯이.

카뮈의 경우 작가 수련기의 글 대부분이 발굴되었고, 그의 모국어인 프랑스어로 출간되었다. 물론 한국의 독자에게도 많은 글이 번역, 소개되었다. 그래도 여러 가지 지역적인 이유로 빠진 글이 존재할 수밖에 없다. 그중 하나가 《카빌리의 비참》인데, 이번에 우리말로 잊히지 않고 번역되었다.

오랜만에 독자들은 알제리를 사랑하는 사람이 온몸으로 쓴, 직선적이며 도전적인 언술이 자연스러운 젊은 시절 카뮈의 글을 읽는 기쁨을 누리게 되었다. 우리에게는 참으로 멀어 보이는 알제리를 잘 알 뿐만 아니라, 카뮈의 흔적을 따라 그 땅의 산하를 사랑하게 된 두 사람의 열정으로 번역된 《카빌리의 비참》을 통해서.

26세의 일간지 기자 카뮈가 1939년 6월 5일부터 15일까지 발표한 11편의 카빌리 산악 지대 사람들의 빈곤과 절대 결여, 그들의 일상의 소외와 고독에 대한 기사는 르포의 범위를 넘는 의미를 지닌다. 한 젊은 지성의 명료함과 어디에도 포섭되기를 거부하는 고집스러운 신념과, 그 젊은 나이에 이미 영근, 카뮈가 일생을 다듬어 갈 윤리적 가치가 생생하게 드러나 있기 때문이다.

카뮈의 글은 늘 젊음으로 독자들에게 각인되어 있다. 그것은 운명적으로 미완성일 수밖에 없는 그의 짧은 생애에서 비롯되는 것만이 아니다. 그것은 장 다니엘의 표현처럼 "시대의 분위기에 저항하는"(Jean Daniel, *Avec Camus: Comment résister à l'air du temps*, Editions Gallimard, 2006) 카뮈만의 무언가가 그의 시대를 뛰어넘어 우리에게 말을 걸기 때문이다. 사상의 젊음, 망가진 세상에 대한 늙을 줄 모르는 각성이 지금도 말을 걸고 있다. 그가 던지는 몇몇 전언은 무수한 제스처의 시대, 개성 없는 모방의 시대, 진실을 드러내기를 두려워하는 우리의 현재에 생생한 충격을 주며 우리가 잊고 있던 바로 그것을 깨운다. 카뮈는 "카빌리를 위해 우리가 한 일은 무엇인가?"(12쪽) 라고 묻는다. 우리 주변에는 늘 카빌리가 있기 때문이다.

더 많은 정보에 접근하는 것이 쉬운 현대의 젊은이들이 진리 앞에 선 카뮈의 절제된 외침과 시대적 가치의 사색을 모방이라도 할 수 있을까, 젊은 카뮈의 글 갈피에는 한 지역을 깊게 품은 성숙한 시선이 있다. 그래서 이 시대에 다시 카뮈의 젊음이 필요한 것이다. 비록 그의 세계관에 온전히 동의하지 않는다고 해도 그의 삶의 자세에는 그가 일관되게 옹호한 가치들이 있다. 〈가난한 농네의 녹소리들〉을 비롯한 20대 초반의 카뮈가 남긴 삶의 스케치들이 곧이어 나올 문학작품의 발아를 알리듯, 《카빌리의 비참》은 《시지프 신화》에서 구조화된 사상적 체계를 어떤 영역과 방식을 통해 구체적인 삶의 각론에서 펼치는지를 보여주는 의미 있는 기사다.

《카빌리의 비참》을 기사로 발표하기 전에 카뮈가 얼마나 많은 발품을 들였고, 접근이 쉽지 않은 자료들을 섭렵했을지, 얼마나 많은 그 지역의 사람을 만났을지, 독자들이 상상하기 어렵지 않다. 카뮈가 11편의 기획 기사에서 지치지 않고 드러내는 현실적인 지표들, 그가 제안하는 해결 방안들도 그 의미가 깊다. 눈에 띄는 것은 프랑스 식민지였던 알제리의 가장 낙후된 카빌리 지역과 지역민들에 대한 카뮈의 깊은 애정의 시선이다. 이후 작품에서 카뮈의 독자들이 확인하게 될, 알제리에 대한, 혹은 인간에 대한 사랑, 연민의 기본 정조를 구성할 바로 그것이다. 《이방인》의 정제된 '백색의 문체'를 통해서, 극한 상황의 절정인 페스트를 대하는 《페스트》의 인물군에 대한 작가의 시선을 통과하면서, 우리는 이제는 잊힌 작가 카뮈의 가장 기본적인 인간성에 대한 윤리를 만난다.

카뮈가 이 글을 쓰던 1930년대의 유럽은 어떠했을까. 당시에는 유럽의 지식인들이 주축이 되어 식민주의에 대한 비판적인 정서가 일어나고 있었다. 1931년 국제식민지박람회가 프랑스 파리에서 거의 6개월이나 성황리에 지속되어 온 기록들에서 보듯이, 식민주의에 대한 대립적 갈등이 고조되던 때였다. 1939년 카뮈의 기사들이 발표되고 3개월 후인 9월, 그가 일하던 《알제 레퓌블리캥》은 폐간된다. 사실 우리가 잘 알듯이 식민주의 담론은 1960년대에 확장된 해방과 함께 종식되기보다는 지속해서 제기될 수밖에 없는 주제다.

작가는 시대 속에서 우연히 태어나지 않는다. 카뮈는 한 작가이기 전에 철학자로서, 세계 속 인간성의 본질을 철학적 일관성으로 설명하고자 했다(《시지프 신화》). 그가 본 것은 현상 너머의 인간성을 구성하는 질서들이다. 그와 동시에 비슷한 시기의 또 다른 카뮈, 카빌리 뿐만 아니라, 알제의 뒷골목, 알제리 곳곳의 현실을 직접 발로 밟으며 심장에 새기는, 작가로 준비되는 한 젊은이를 우리는 《카빌리의 비참》에서 만난다. 이 구체성의 현실 없이 예술 작품으로 도약할 수 없다.

그렇다고 카뮈의 어느 완성된 문학도 르포인 적은 없다. 《카빌리의 비참》뿐 아니라 카뮈에게 있어서 기자 활동은, 지식인으로서 특별한 의미를 가졌던 것 같다. 그에게 있어 시사적 사실은 인간의 조건에 대해 성찰하는 문학과는 구별되는 기능을 가지며, 후에 하나의 사고 체계나 작품으로 구체화하는 데 중요한 역할을 한다. 그것은 카뮈가 구체적인 현실 너머 혹은 그에 내재해있는 더 큰 가치를 보고 있기 때문이다. 그 성찰의 넓고 깊은 폭이 카뮈가 위대한 작가가 되는 비밀이 아니었을까.

카빌리의 경우 그것은 '현명한 민족의 심오한 위대함'이다. 《카빌리의 비참》에서 카뮈가 강조한 것은 빈곤, 결핍에 대한 지극히 문학적이기에 아이러니하게도 실천 가능한, 실질적 해결책이다. "문제를 정치적인 시각에서 인간적인 시각으로 바라보게 될 때 항상 발전은 이루어진다."(123쪽) 이것이 카뮈의 작품들이 지향하는 실천적 위상이다.

이미《카빌리의 비참》에는 카뮈의 이후 작품 전반에 흐를 팽팽한 두 힘의 쓰라린 대결이 있다. 화해 불가능한 것처럼 보이는 두 힘, 그것은 젊은 작가의 눈앞에 펼쳐진 세상에 대한 두 가지 모순적인 탄성을 터져 나오게 한다. 카빌리이건 알제이건 오랑이건, 알제리를 채운 이 기이한 풍광과 그곳을 사는 사람들의 삶에 대한 존중과 사랑은 얼마나 투명하게 아름다운가.

　그러나 그 반비례로 죽음에 직면한 인간의 조건들은 얼마나 적나라하게 빈곤하고 비참한가. 공존하되 화해될 수 없는 절대미와 절대 빈곤! 그리고 카뮈의 작품 속 인물 대부분을 지배하는 깊은 침묵이 뒤따른다. 카빌리의 사람들처럼. 다른 명명이 없어 카뮈는 이것을 운명으로, 인간의 생에 드리운 조건으로서 부조리라 불렀다. 숨 막히게 아름다운 자연을 카뮈가 불러낼 때 거기에는 인간의 누더기 그림자처럼, 빈곤의 실존이 중첩되어 고통의 근원이 된다. 그리고 작가 카뮈를 만드는 것은 그가 이 둘을 모두 사랑할 수밖에 없다는 데 있다. 그 사랑의 외침이《카빌리의 비참》에서도 들려온다.

　《카빌리의 비참》에서 아름다움에 바치는 묘사는 의도적으로 절제되어있다. 그러나 카빌리의 배경에 카뮈의 알제리 작품군을 중첩해 읽지 않을 수 없다. 단순한 자연의 구성물들, 황혼, 돌, 바다, 푸르름, 뜨거운 햇살은《안과 겉》,《결혼 여름》,《이방인》,《적지와 왕국》의 단편들에서처럼 무연히 절제되어 언급되지만, 식민 시대 삶의 초토화된 비참을 집중 조명하면서 비추듯 백일하에 드러낸다. 그리고 개인적으로 카뮈의 모든 작품 중에 알제리 작품군이 가장 뛰어나다고 평가하고 싶다.

　《카빌리의 비참》에는 부조리한 세계에 대한 한 청년 지식인의 외침이 담겨 있다. 이 책에서 그가 지식인의 자기 인식을 가지고 강조한 것은 분노, 참여, 반항 이전에 단 한 가지, 인간성의 숭고와 존엄성에 대한 깊은 존중이다. 그 진실성의 여부가 지식인과 쭉정이를 나누는 잣대다. 카뮈는 숫자와 정치가 그러한 존중 위에 세워지지 않으면 그것은 인류의 역사에 의미가 없다고, 존재가 바로 설 때 그 행동이 유효하다고 말하는 듯하다. 사랑하지 않는 사람은 말할 권리가 없다.

《카빌리의 비참》을 다 읽고 내가 놀란 지점이 있다. 프랑스어권 흑아프리카를 두어 번 방문한 조촐한 경험으로도, 이 책이 제기하는 모든 버려진 지역의 고통의 세목들이 익숙하게 다가왔다. 젊은 카뮈의 시대에서 거의 한 세기가 지난 지금, 프랑스어권 흑아프리카에서 카빌리 현상은 거의 유사하게 확인할 수 있다. 카뮈가 예언적이라고 볼 수도 있다.《반항하는 인간》을 구성하는 카뮈의 주장이 이후의 유럽 역사에서 부분적으로 증명되었듯이. 식민에서 해방된 어떤 아프리카에서 시간은 느리게 흐르며, 시간의 흐름에 저항하는 고질적 타성이 여전히 구조적으로 존재한다. 종족과 언어와 문화와 무관하게 아프리카에 그어진 직선의 국경들이 당신은 아름다운가? 카뮈는《카빌리의 비참》을 통해 묻고 있는 듯하다.

2021년 9월
최윤(소설가)

부록

카빌리의 비참

알베르 카뮈 지음
김진오, 서정완 옮김

초판 1쇄 2021년 9월 3일 발행

ISBN 979-11-5706-242-3 (03860)

책임편집   황정원
편집도움   배형은
디자인   조주희
마케팅   김성현, 최재희, 김규리, 맹준혁
인쇄   한영문화사

퍼낸이   김현종
퍼낸곳   (주)메디치미디어
경영지원   전선정, 김유라
등록일   2008년 8월 20일
           제300-2008-76호
주소   서울시 종로구 사직로 9길 22 2층
전화   02-735-3308
팩스   02-735-3309
이메일   medici@medicimedia.co.kr
페이스북   facebook.com/medicimedia
인스타그램 @medicimedia
홈페이지   www.medicimedia.co.kr